最後的藍
入間人間
hitoma iruma
插畫：仲谷 鳰
Illustration : Nio Nakatani
Kadokawa
Fantastic
Novels

「那麼，麻煩妳照舊了。」
「嗯嗯啊啊好。」
原本愣愣站著的香菜終於慢吞吞地開始行動，
和雅坐到了同一張床上。
握在手中的瓶裝茶已經因為掌心的熱度而稍微升溫。
看到她這麼做，雅拆掉髮飾躺了下來，
把香菜的大腿當成枕頭。
香菜伸手幫忙撥掉她臉上的頭髮後，
雅似乎很滿足地露出笑容。
每當雅要求見面時，
香菜的任務都是這個。
對方總是會拜託她出借大腿。
一開始被嚇到的香菜還有些不知所措，
幾次之後，現在已經習以為常。
畢竟對方真的都只是枕在她腿上而已。
「感覺很像是躺在地面上。」
雅冒出這句感想。
地面……香菜慢慢思索這句話的意思，一會兒才恍然大悟。
「原來在下這麼平嗎？」

新城雅
偶爾會約香菜見面，
連平常做什麼工作也是個謎的美女。

不光是胸部，居然連大腿都……
香菜產生莫名其妙的危機感。
「因為有泥土的氣味。」
「啊，原來是這個意思。」
岩谷香菜
拜陶藝家為師，
平時都和師父在山中小屋活動。
實習中

「Girls on the line」
P7
「雅致的碗」
P89
「在光輝燦爛的風中」
P131
「致即將消逝的鳥兒與天空」
P249

最後的藍

BLUE END

入間人間
hitoma iruma

插畫：仲谷 鳰
Illustration : Nio Nakatani

Kadokawa Fantastic Novels

「Girls on the line」

「師父～～要我幫忙拿東西嗎～～」

聽到慌慌張張跟在後方的徒弟如此提議，師父回過身子。

她評估了一下拎著大量行李的雙手所承受的重量，同時動腦思考。

有沒有什麼東西就算摔了砸了也不要緊？

不，當然沒有那種東西。

「跟著我別走丟了。」

「遵命～～」

看到徒弟被車站內部的人潮輕易撞開後展開蛇行試圖前進的模樣，師父忍不住嘆息似的呼出一口氣。即使眼見身材嬌小的徒弟很快就淹沒在人群當中失去蹤影，判斷對方應該能找出辦法追上自己的師父還是轉回前方。

她甚至覺得要是沒辦法確實跟上，那麼乾脆丟下徒弟也是一種辦法。

這對師徒是在相隔兩星期後再度來到市區。

她們其實是陶藝家，平時都住在山中小屋從事陶藝活動。儘管山居生活並非自願，不過一來別無其他住處，再者師父本身也覺得人際往來是件麻煩事，最後倒也認為這種日子或許

還算適合自己。

住家和工坊都來自她的雙親，只是兩人已經不在了。

在車站內前進的師父承受著揮之不去的悶熱感，儘管在表情上的變化只有瞇起眼睛，心裡卻感到相當煩躁。時值六月，就算沒有下雨，濕氣依舊會從某處侵入室內。那種不快的感覺就像是隨時被一隻溫熱的手撫摸著臉頰。如果周圍人數眾多，狀況自然更加嚴重。

把車子停進車站附設的收費停車場裡並開始移動後，師父突然回身看向車站內部。

此地曾發生一些小騷動，至今已過去一年。

她本想試著回憶當初的往事，記憶卻無法具體成形，於是很快放棄。比起這件事，徒弟遲遲沒有跟來的現狀更讓師父忍不住嘆氣。對方手上明明沒有多少行李，為什麼會如此拖拖拉拉？

她們兩人今天的目的包括採買生活用品、擔任陶藝教室的講師，還有和人約好碰面。

身為講師的師父身上穿著一件忘記何時購入的條紋襯衫，搭配作業後沒有換掉的短褲，再套上土黃色的圍裙，頭上還綁了毛巾。她的嘴唇看起來很乾燥，臉上沒有半點化妝品的痕跡，細長的右眼下方可以看到被汗水沾濕後又乾掉的少量泥土。

以前的另一個徒弟會糾正這種打扮並要求師父改進，現在的這個徒弟對這方面卻是全然不放在心上。所以到頭來，師父這邊也養成了一套衣服走天下的習慣。

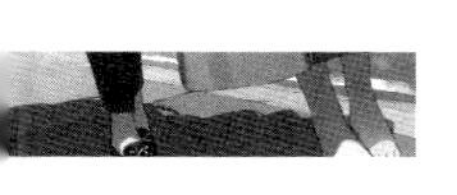

至於徒弟那邊，則是把一個寫著「實習中」的名牌夾在頭上作為髮夾的代用品。徒弟的名字叫做岩谷香菜。

「師父～～好久不見了。」

師父來到位於車站中心的通路後，香菜總算追了上來。

她的裝扮本身算是沒有問題，只是必須忽略每次進城都穿著同樣衣服的前提。因為香菜只有一套朋友代為挑選的外出用服裝。師父先看了徒弟一眼，回想起幾個月前曾經被人誤以為自己和這傢伙是一對姊妹的往事，然後才轉向前方。

岩谷香菜的年齡是二十五歲，和師父大概只差了三到四歲。然而她擁有一張娃娃臉，行動總是冒冒失失，再加上身材嬌小，經常有人把她的年齡少猜一輪。大約一年前去美髮院整理過後就遭到放置的頭髮已經變長，紮在後方的馬尾末端也顯得參差不齊。這個樣子會讓人聯想到沒有好好梳理的狗毛。

師父在心裡嘀咕自己明明不需要兩隻狗，可以的話甚至連一隻都不想要。

沿著通路走到底之後，師父往左轉並繼續前進。香菜雖然沒有開口，卻浮躁地東張西望，像是在觀察車站的內部。根本是個小孩子……這種符合外表的行動讓師父相當傻眼。

「怎麼了？」

「啊……我朋友在這邊工作，我想看看她在不在。」

「是嗎？」

師父心想，那個人應該不是朋友而是監護人吧？

當初香菜跑來拜師寄居時，來向師父致意的人物不是她的雙親，而是剛剛提到的朋友。年齡也和師父相差無幾的那名女子非常仔細慎重地說明了香菜的缺點，最後以一句「即使如此還是要麻煩妳了」來把香菜託付給師父。不，或許該說成硬塞給師父才是比較切合事實的形容。

通過閘門後，兩人以L型的路線走向車站角落，經由一個不大的出入口來到站外。可以看到隔著一條窄巷的正對面有一棟建築物，那裡就是香菜的目的地。

她的預定行程不包括擔任講師和採買物品，畢竟香菜在這兩件事上都完全派不上用場。

彼此分頭行動之前，師父看了對面建築物一眼並開口吩咐香菜。

「那麼三點見，要是妳來不及回來會被我拋棄。」

「遵命～」

香菜的回應聽起來毫無幹勁又很敷衍，她往前踏出一步卻又突然回頭。

「那個……要是我找不到車子停在哪裡，可以打電話給師父嗎？」

「好好好。」

師父隨便揮著手，像是在示意徒弟快走。香菜如同搖頭娃娃那般地連連點頭哈腰之後，

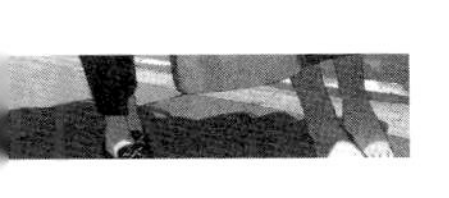

才一個人走進對面的建築物。如果要以一句話來評論那個靠不住的背影，只能說是「那副德性」。師父想不到其他更好的形容，甚至忍不住發出聲音再講一次。

「看那副德性……」

到底有什麼地方吸引人？她只有滿腔的疑問。

「妳總是穿著同一套衣服呢。」

「因為我只有這套衣服嘛唔嘿嘿嘿。」

香菜拉著衣服的下襬，傻笑著搪塞過去。

一名托著臉頰的女子把香菜從下往上掃視一遍，才放鬆表情露出柔和笑容。

「髮型也這麼隨便……明明妳的基本條件還不錯，實在是浪費了。」

「不不，完全沒那回事。」

「下次一起去買衣服吧？」

「啊～～呃～～這個嘛～～」

香菜斬釘截鐵地一個勁兒否認，顯見她相當欠缺被人誇讚的經驗。

「算了，要是妳本身並不覺得有什麼不妥，其實倒也無所謂。」

女子從床沿起身，打開電視櫃下方的小型冰箱。她拿出一瓶胡亂被斜塞在冰箱裡的瓶裝茶，朝著香菜丟了過去。寶特瓶在半空中畫出和緩的曲線，香菜卻手忙腳亂地用額頭接住。看到香菜整個人往後仰的樣子，女子帶著微笑坐回床上。

果然還是該買件新衣服比較好嗎……香菜低頭朝身上看了看。

畢竟她在工坊裡都很邋遢，穿舊襯衫也不成問題。

要說會見到外人的情況，大概也只有像現在這樣。

這裡是車站前的商務旅館。

房內的女子叫做新城雅，由於擁有近似金絲的髮色與薄薄的嘴唇，整體給人一種纖柔的印象。她的身上穿著套裝，紮起來的長髮垂在左側肩上。現在脫掉鞋襪坐在床邊翹起雙腳，可以看到露出的腳趾多次彎起又伸直。

香菜是在一年前因為一件事而認識這名女子，後來對方就開始像這樣偶爾約她見面。當香菜詢問理由時，「因為香菜沒有惡意」——雅帶著親切笑容如此回答。

「那個……妳一直住在旅館裡嗎？」

香菜終於把長期以來的疑問說了出口。

兩人碰面的地點經常更換，總體來說旅館是最常出現的選擇。

「其實我租了房子，但是很少回去。」

「感覺很浪費。」

「倒也沒那回事，我還算是愛惜生命的類型。」

香菜並沒有聽懂這句回答的含意，只是稍微歪了歪頭。

實際上這兩個人歲數相同，雖然與她們正面相看應該也沒有人看得出來。

她們第一次見面時，香菜認為對方比自己年長，雅的感覺則是相反。

現在是上班日的白天，不過香菜並不清楚雅從事哪個行業。雅自己說過不是什麼正當工作，香菜也親眼目睹過所謂不能算是正當的場面。即使知道這些事，香菜頂多還是只把雅當成「從事某種危險工作的人」。

至於她是否也認定雅本人是個危險人物？這部分就難說了。

「我很高興妳願意再來見我。」

「哎呀其實我經常懷疑自己真的夠格嗎唔嘿嘿。」

香菜連自我否定時也是模稜兩可又拖泥帶水。

「我就是想找妳才會相約見面。」

「唔……唔嘿嘿……」

其實就是這部分讓人難以理解啊～～香菜在內心默默反駁。雅則是瞇起眼睛，彷彿已經看穿她的真正想法。

「我之前就感覺到……妳似乎不喜歡自己？」

聽到雅指出這點，香菜轉開視線。她把垂下來的瀏海撥向旁邊，嘿嘿呵呵笑了幾聲。

「真的有人會說喜歡自己嗎？」

「我就喜歡自己啊。」

「是喔……」

面對若無其事如此斷言的雅，香菜只能給出模稜兩可的回應。

「因為願意說喜歡我的人只有我自己而已。」

「咦？呃……」

基本上，香菜對這種斷定式的言論沒什麼抵抗力，畢竟她的意志就跟外表一樣軟弱。

「應……應該不會那樣吧……那個，妳這麼漂亮。」

「謝謝。」

雅平靜地接受了香菜的評價，完全沒有表現出羞澀的樣子。看得出來她經常被人這樣稱讚，反而是香菜唔唔啊啊地自己畏縮起來。因為就算是恭維話，也從來不曾有人誇獎過香菜的外貌。

甚至她的朋友凱碧還很乾脆地吐槽過香菜根本不是那種類型。

「既然如此，妳願意說妳喜歡我嗎？」

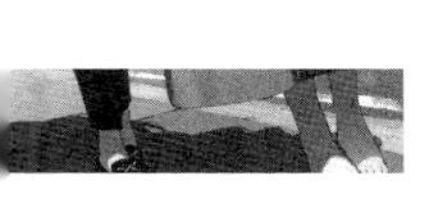

「咦？」

雅提出疑問，纖瘦的臉上帶著同樣淡薄的微笑。端正、內斂，卻無法感覺到任何深度。那是一種非常適合形容成虛與委蛇，只把給他人的印象當成唯一考量的笑容。

香菜並沒有特別注意到這種笑容，而是只關注於「新城雅」本身。

她知道自己不討厭雅這個人，於是自我提問……反過來說，喜歡的事物又是什麼呢？

「呃……」

香菜心裡沒有答案。一時之間，她沒辦法找出一個對象放到天秤上去衡量自己的喜惡。

「唔……唔唔唔……」

「妳不擅長處理這種複雜的問題？」

「我用腦過度會發燒。」

「那就到此為止吧。」

雅乾脆地收回這個話題，閉上眼睛。

「那麼，麻煩妳照舊了。」

「嗯嗯啊啊好。」

原本愣愣站著的香菜終於慢吞吞地開始行動，和雅坐到了同一張床上。握在手中的瓶裝茶已經因為掌心的熱度而稍微升溫。看到她這麼做，雅拆掉髮飾躺了下來，把香菜的大腿當成枕頭。香菜伸手幫忙撥掉她臉上的頭髮後，雅似乎很滿足地露出笑容。

每當雅要求見面時，香菜的任務都是這個。

對方總是會拜託她出借大腿。一開始被嚇到的香菜還有些不知所措，幾次之後，現在已經習以為常。

畢竟對方真的都只是枕在她腿上而已。

「感覺很像是躺在地面上。」

雅冒出這句感想。地面……香菜慢慢思索這句話的意思，一會兒才恍然大悟。

「原來在下這麼平嗎？」

不光是胸部，居然連大腿都……香菜產生莫名其妙的危機感。

「因為有泥土的氣味。」

「啊，原來是這個意思。」

或許是因為整天都待在工坊裡，不僅是師父，連香菜身上也沾染了泥土乾掉後的味道。以陶藝家自居的香菜發出呼呼笑聲，看起來志得意滿。雅並沒有對這樣的她再多說什麼，只是閉上眼睛。

香菜望向雅的側臉，感受著壓在自己腳上的輕盈負擔，漫不經心地覺得這個人全身都散發出一種輕靈感。因為在她的眼裡，雅的頭髮和肌膚看起來都很輕柔。尤其是那頭金髮顯得

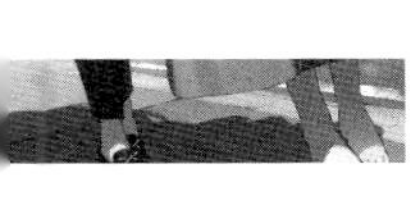

柔亮滑順，去觸摸和纏繞的指尖彷彿會被吸住不放。隱藏在金髮下方的是目前閉上雙眼的臉孔，呈現出細緻的五官。這一切都讓香菜打心底感到很美。

也因為如此美麗的生物就待在自己身邊，香菜整個人都有點飄飄然的。

「我之前就想問……這樣衣服不會皺巴巴的嗎？」

「沒關係。」

雅閉著眼睛回答。

「要是脫掉衣服睡覺，逃走時不是還得花時間回收衣服嗎？」

「是喔……」

香菜其實並不明白雅必須逃離什麼。

她看了一眼雅先前脫掉的鞋襪，又看向雅的腳趾，心想那些是不是打算拋下的東西呢？發現雅的大拇趾趾甲有點長之後，香菜也確認了自己的腳趾甲……看起來又短又圓。

雅輕輕打了個呵欠，眼角滲出一滴淚水。

「況且基本上，要是我真的脫光衣服開始裸睡，應該會讓妳感到困擾吧？」

「這個嘛……可能會。」

香菜隨口回答，講完之後才終於動腦思考自己實際上是否會感到困擾。

首先，雅的裸體大概不會是什麼讓人看了不快的景象。根據雅的姣好容貌，香菜如此推論。

而且她還認為，雅即使什麼都沒穿或許也一樣美麗動人。畢竟欣賞美麗事物是一件好事，說不定根本沒什麼必須困擾的……香菜在內心做出這樣的結論。

就在此時。

「喲哇啊！」

香菜發出斷斷續續的慘叫，突發的一個狀況讓她幾乎跳了起來。

原來是依然躺在她腿上的雅勉強轉動身子，還伸出手來放到香菜的胸部上。

接著，雅動起手指……若無其事地開始揉捏香菜的胸部。

「嗯……摸起來的感覺跟看起來一樣呢。」

「敢……敢問您這是在做什麼呢？」

就算是香菜也不由得拉高音調。她試圖推開雅的手，動作卻無法順利執行。

香菜完全不知道自己到底該怎麼辦。

雖然隔著衣服，纖細手指在胸部移動的狀況還是讓香菜猛起雞皮疙瘩，耳朵後方也陣陣發熱。她低下頭凝視胸前的手，簡直忘記要繼續呼吸。

「因為妳看起來到處都是可乘之機，所以我忍不住出手了。」

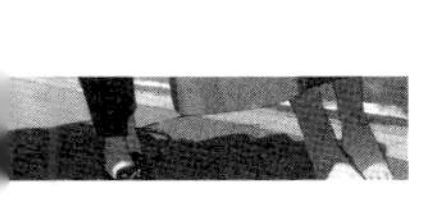

哈哈哈……雅帶著爽朗表情把這件事輕描淡寫地帶了過去。而且她不但沒有停下，甚至還很順便地伸手往胸部下方移動。滿腦子「這樣真的好嗎？」的香菜只能驚慌地東張西望，不過這種驚慌並沒有任何效果。

「嗯，大概是七十八。」

「妳……妳怎麼知……咦，是那樣嗎？」

香菜的驚訝很快轉變成另一種反應，平常對她的奇行也只是笑笑的雅忍不住以有點難以置信的態度把手收回。

「妳為什麼不知道自己的尺寸？」

「那個就是因為現在穿的東西跟衣服一樣都是凱碧買給我的。」

嘿嘿呵呵……香菜發出敷衍的笑聲，然而她的臉上幾乎沒有笑容。

「凱碧？」

「啊，是我的朋友，凱碧是綽號。」

「哦……」

雅的語氣難得地透出一絲冷淡，讓香菜覺得不太對勁。

「改天還是一起去買衣服吧。」

「這個……」

「妳可以也幫我取一個綽號，和我更加親近。」

「不不不，豈敢豈敢。」

香菜揮著手婉拒。

「……………………」

儘管香菜確實很遲鈍，但她至少還能察覺氣氛的演變。

稍微思考之後，香菜有點懷疑雅的態度該不會是某種表現？只是她轉念一想，立刻又覺得不太可能。

「這事先放一邊去，妳剛才其實應該生氣。」

「是喔……」

看到對方的反應如此提不起勁，雅的臉上浮現苦笑。從胸口收回的手這次被放到了香菜的膝蓋上。

「真是的，到底要做什麼才會讓妳生氣呢……」

雅輕輕拍著香菜的膝蓋，享受這種觸感。跟先前不同，帶來一點癢癢的感覺。

香菜承受著腿上來自他人腦袋的重量，開口發問：

「妳喜歡肢體接觸嗎？」

「這個嘛……說不定真的有那種傾向。」

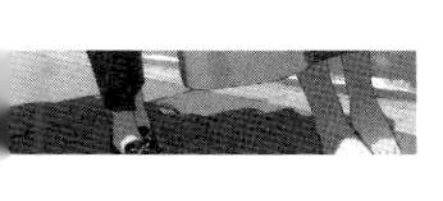

雅摸著香菜的膝蓋，以溫和的態度表示肯定。

「就像這樣，有時候我會想和某個人接觸互動。可是卻又害怕所謂的某個人。」

因為我不相信這世上的任何人……雅平靜地補上一句話。

「是喔……」

香菜再度表現出狀況外的反應，這時她突然注意到一件事。

「咦？那我呢？」

「也就是說我不怕妳。」

「是因為我沒有惡意嗎？」

「沒錯，妳肯定也有幾個類似的對象吧？」

「我有嗎……」香菜歪頭思考。畢竟她對周圍的反應相當遲鈍，也從來不曾深入體察其他人的狀況。

「這個嘛……例如妳的雙親之類。」

雅隨口說出想到的例子。但是對於香菜來說，那是會引發苦澀情感的存在。

「該怎麼說，總之我目前不太想見到父母……」

畢竟香菜的現狀怎麼想都只能算是隨便過活，實際上也真的是那樣。但是她本身已有自覺，知道看在雙親的眼裡，自己恐怕不會讓他們感到愉快。

「嗯，父母是那樣的存在嗎？」

香菜默默覺得雅的這種反應和她的哥哥很像。或許是香菜的視線讓雅產生什麼感觸，她突然聊起身世。

「其實我不認識自己的父母。」

「妳說啥？」

香菜因為自己回問時的用詞有點奇妙而慌張起來，雅則是換上像是在懷念過往的微笑。

「其實我小時候……醒來時就只有自己和哥哥兩個人，在什麼都不懂的情況下做了各式各樣的事情才能活到現在。沒錯，真的是各式各樣。就連名字也是搶……不，差不多算是借來的。」

雅轉開視線試圖掩飾自身的失言，而後抓起橫在鼻子旁邊的髮絲。

「這個髮色是天生的，所以我的父母或許是外國人。」

講到這邊，雅把抓起來的髮絲上貢般地遞給香菜。香菜用手掌接過那束頭髮，享受帶來的觸感。雅的頭髮非常柔軟，甚至有種脆弱的感覺。

「原來是外國人嗎？」

「有可能喔。」

「所以是異邦人呢。」

「如果是那樣，妳就成為我的飛丸吧。」

「噢……咦？要我當狗嗎？」

這邊不是應該要我成為仔太郎嗎？香菜訝異地睜大雙眼，不過她並沒有特地提出抗議。

（註：「異邦人」、「飛丸」、「仔太郎」等名字出自《異邦人 無皇刃譚》這部動畫作品）

頂多只覺得……要我當狗那就當狗吧。

香菜把雅從頭到腳觀察了一遍，脫口說出奇妙的感想。

「長大成為出色的大人了呢。」

「謝謝。」

彼此的對話既庸俗又輕浮，卻讓香菜感到自在。

「妳的老師最近好嗎？」

「啊，她很好，今天也來城裡傳授大家陶藝轉轉轉～～」

香菜做出製作陶藝的動作，不過雅並沒有欣賞她的表演，而是靜靜回應。

「是嗎，那就好。」

「師父她怎麼了嗎？」

「不，沒什麼。」

「是嗎……」

香菜很快接受雅的說法，放棄繼續追問，因為她很確定別人比自己更能做出正確的判斷。雅茫然地看著牆壁，似乎正在煩惱要不要閉上眼睛。

「香菜。」

「什麼什麼？」

叫出香菜的名字後，雅沉默了一陣子。香菜非常安分地等待後續。

「雖然妳應該不喜歡自己，但是我喜歡妳。」

講完這句話後，雅關窗般地閉上眼睛，不再有任何動作。

「人家不好意思啦。」

香菜把身體往右扭，不過扭的角度太大，感覺有點傷到側腰。

就像這樣，雅全無半分害臊地斷言自己喜歡香菜。

對於香菜來說，這種感覺有點甜，有點苦，也有點辣。風味深厚，既陌生又複雜。

隔了連記憶都產生空白片段的時間之後，香菜開口發問：

「……妳喜歡我的什麼地方呢？」

睡著的雅無法回答她的疑問。香菜低頭觀察隨著呼吸而稍微晃動的背部，似乎連自己也受到睡意侵襲。然而只要把視線放到雅的睡臉上，這點睡意隨即退去。

不管再怎麼看，香菜都覺得雅是個美女。在她的人生中，至今還不曾拜見過比雅更漂亮

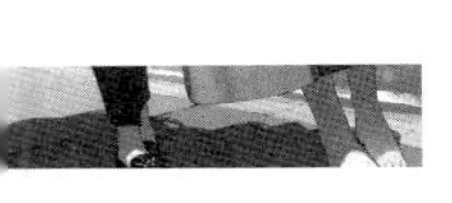

的女人。而且就算在路上擦身而過，香菜也不認為那樣的人物會和自己有什麼關聯。

這樣的美女究竟想在我身上獲得什麼呢……香菜完全想不出答案。

她的注意力移向明確存在於對方胸前的雙峰。基於「看起來到處都是可乘之機」的理論，香菜也忍不住豎起食指靠了過去。在往前戳的食指隔著套裝推動胸部的那瞬間，香菜不由得有點害怕。

「嗚喔喔……」

慌忙抽回的食指遲遲無法彎起。她冒著冷汗凝視自己直挺挺的手指，內心總覺得剛剛做了某件非常要不得的行為。

各式各樣的激動情緒翻攪混合，香菜感到頭暈目眩。

「乾脆以後就叫她小雅雅吧～～」

由於香菜認定雅已經睡著了，處於興奮狀態的她稍稍得意忘形。

「可以啊。」

沒想到立刻收到了回應。原先只是在自言自語的香菜有點僵住，過了一會兒……

她看著天花板笑了起來，心想原來雅根本沒睡著。

接下來香菜立刻回神，凝視著依然保持豎直狀態的食指。

『所以說，怎麼樣了？』

「什麼怎麼樣了？」

『抱歉，是我不該問妳這麼抽象的問題。』

「沒錯沒錯。」

『可惡，真是讓人火大。』

聽到朋友毫不客氣的意見，香菜心情很好地以「哇哈哈哈」回應。

這是來自凱碧的電話，她可以說是香菜唯一的朋友。

所謂「凱碧」是香菜替對方取的綽號，本人非常痛恨這個綽號，而且已經放棄掙扎。

比起朋友的說話聲，來自牆外的鳥叫聲更加明顯，在香菜的老家也經常聽到這種鳥的叫聲。模仿了幾次之後，凱碧直接罵她很吵。

『下次我會問得具體一點，但總之……妳的作品比較賣得出去了嗎？』

凱碧肆無忌憚地攻擊香菜的弱點。嗚啊……香菜拿開手機發出慘叫。

她只不過是一介陶藝學徒，根本沒有所謂的薪水。

「不，完全不行。」

『……我說妳啊……』

「啊，不過上次搭了師父個展的便車，賣掉了一個作品。」

『一個……一年只賣了一個？』

「哎呀這種事情應該要從長遠來看嘛。」

『說什麼從長遠來看，妳沒有多少存款吧？』

「祖父祖母給了我一點錢。」

萬分感謝～～香菜對著牆壁鞠躬致謝。事實上要不是收到這份援助，她根本活不下去。

香菜深深感受到獨立的種種困難，回頭看向房間後更是再度體認到自己沒有別處可去。

『妳就是這種生物呢……』

「哪種？哪～～種～～？」

『經常亂來又不可靠看起來還很脆弱，所以周圍的人都會忍不住出手照顧妳。』

妳真的該好好感謝自己擁有那種長相和身高。

聽到凱碧後面追加的這句話，香菜面露苦笑。

「因為總是被人誤認成國中生，我自己也覺得有點過意不去。」

『希望妳明年起至少能被人當成是高中生。』

「我會加油。」

『……沒辦法以陶藝家身分活下去時記得找我。』

「咦？凱碧妳要贊助我嗎？」

『我只是要介紹兼差工作給妳。』

真沒意思……香菜低聲抗議。

「啊，對了，我今天去市區了。」

『哦？來做什麼？還有我忙著上班，妳可別來亂我。』

「我又沒去找妳。總之……今天是小雅雅約我見面。」

『小雅雅？』

香菜可以感覺到凱碧正在列舉認識的人物，試圖尋找正確的對象。

『那是誰？』

最後當然沒有找到，讓凱碧滿心懷疑。聽到她的提問，覺得解釋很麻煩的香菜有些提不起勁。

「就是啊……凱碧妳還有印象嗎？一年前撿到狗時見過的那個人。」

『撿到狗的時候……噢，是那個人……咦？妳還有跟對方見面？』

「嗯……呃，不行嗎？」

香菜目前的心境如同剛受到母親的斥責，她以戰戰兢兢的態度請教凱碧的意見。這一小段時間似乎讓對方冷靜了下來，給了個不上不下的肯定回答。

『不，也不是不行啦。但是那個人和香菜算是相當不同的類型吧……妳們是朋友嗎？』

「唔……很難說？」

『那妳為什麼要去見那樣的人啊？』

「呃，因為她找我啊……」

唉～手機另一端傳來深深的嘆息。

『妳這笨蛋。』

「怎麼說，那個人好像覺得我合她的意？」

『……居然會覺得妳這種人合她的意，聽起來就很像謊話。』

「哎呀，妳怎麼如此直接！」

香菜的圓滑內心很自然地化解了這次攻擊，不會因為一點批評而受到傷害。

『妳是不是被利用了？沒問題嗎？』

「嗯……如果能夠利用我，對方真的很厲害。」

『也對，確實是那樣沒錯。』

凱碧極為乾脆地收回先前的發言與懷疑。

『只是……算了，也沒關係。這是妳的人生，想怎麼做就怎麼做吧。』

「凱碧，妳不要拋棄我啊～～」

『吵死了。』

凱碧直接掛掉電話，香菜伸出去的右手沒有抓住任何東西又收了回來。

留給她的只有類似和母親對話後的餘韻。

「將來啊……」

香菜丟開結束通話的手機，在走廊上躺了下來。雖說想找個地方去的焦躁情緒驅使她展開行動，在沒有特別目標的情況下耗盡氣力的結果就是現狀。

打算思索困難議題的香菜盯著天花板，然而這種努力沒有成效，眼皮也愈來愈沉重。

最後她並未起身，直接在走廊上沉沉睡去。

在哪裡都能睡著是香菜的天性。

或許是認為找到了同伴，發現香菜的狗爬到她毫無遮蔽的肚子上。接著蜷起身體，就這樣疊在香菜身上進入夢鄉。香菜完全沒動，靜靜地接受了這一切。

住在這個家裡，經常可以看到這個景象。

經過走廊的師父稍稍嘆了口氣，然後裝作什麼都沒看到。

「錢的問題嗎……不然我也付錢吧？」

聽完香菜的說明，躺在她大腿上的雅如此提議。

隔了一陣子之後，這次香菜被找來見面的地點是不同於之前的另一間旅館。雖說同樣是商務旅館等級，但這次的房間大了一些。看起來屬於雅的包包被隨手丟在椅子上，裡面的物品掉得到處都是。

香菜才剛來到房間，雅立刻躺了下來，再度把身體寄託在她的腿上。

像是在抗拒濕氣的空調低速運轉，香菜的鼻子也因此保持適當的乾燥。

「要是有金錢上的來來往往，是不是多少有些傷風敗俗呢？」

她東張西望地觀察房間。

「傷風敗俗是指哪方面？」

心知肚明的雅故意裝傻般地看著香菜。

「呃……就是……」

「嗯嗯，是什麼？」

香菜似乎很難為情地支支吾吾了起來，雅則是微微竊笑著。

「我倒是覺得就算沒有付錢也已經十分傷風敗俗了。」

「是……是嗎……」

「妳試著仔細想想。」

在雅的催促下，香菜開始思考。

她回想起自己被叫來旅館還隨傳隨到的行徑，這下才「嗚喔喔喔」地開始忸忸怩怩。

「人家至今為止都做了些什麼～～」

光是出借大腿就很可疑了，還發生過除此之外的行為，這下根本是百口莫辯。

雅沒有特別回應香菜的這些悲嘆，直接拉回原本的話題。

「先不管那些事，要是妳真的需要用錢，我可以幫忙一下。反正我不缺錢。」

香菜給自己的下巴一拳以阻止「超級讓人羨慕」這句話脫口而出。

「啊……我不要緊。」

香菜給自己的側腰一拳以阻止「拜託務必給我」這句話脫口而出。

「因為要是牽扯到金錢往來，交朋友的感覺似乎會變淡。」

所以不必了……香菜打腫臉充起胖子。更何況要是收下這種錢，肯定會被凱碧痛罵一頓。

這種心態跟害怕受到媽媽斥責的小孩子沒兩樣。

「朋友……原來如此，朋友嗎？聽起來真不錯。」

雅反覆說著，像是在享受這種感覺。

對於香菜來說，其實也是不知道隔了多少年才結交到新的朋友。

所以她有些得意忘形。

「我可以叫妳『小雅雅』嗎？」

「這件事妳之前說過了。」

「嗯嗯嗯？」

看到香菜暴露出只靠著當下衝動過活的一面，雅撐起身體。平常紮成一束的頭髮現在披散開來，看著香菜的眼神似乎還半夢半醒。香菜嚇了一跳，整個人都僵住不動。

看樣子這是因為遭到更強大動物的威嚇，導致她一時無法動彈。

這時，雅主動把香菜的手拉起來靠向自己的胸前。

沒有發出任何誇張的聲響，香菜的手就碰觸到那個想必匯聚了眾多欣羨的膨起部分。

「哦……哦啊啊？」

由於隔著衣服，香菜沒能完全感受到對象物體的柔軟程度。

然而光是自身手指逐漸陷入膨起部分的觸感就足以讓她驚慌失措。

「之前妳曾經動手戳過我的胸部吧？」

「嗚啊啊啊……那……那是因為我以為妳睡著了。」

「原來妳是那種趁人家睡著就會動手亂摸對方胸部的人？」

「我……我沒有那麼不要臉，真的沒有。那個時候只是因為……」

香菜試圖找出藉口。

問題是當初別無其他動機只有趁機偷摸的事實，如今自然也無從辯解。

「所以我認為妳大概想摸摸看。只要先說一聲，其實這樣做也沒關係。」

彷彿是受到雅的操控，香菜的手指在對方的胸部反覆彈跳。她用雙眼確認著現狀，用指尖感覺到動作的結果。每當接收到一次回應，香菜的腦袋就用力往後一仰，力道大到幾乎要震斷脖子。這是什麼啊……陌生的感覺將她耍得團團轉。自己，正在觸摸，女人的胸部。按照三個階段認清這個事實後，香菜內心的火山噴發出來。

「…………………………」

腰部以上整個癱軟無力，簡直像是骨頭已經全部斷掉。

她的手在雅鬆手後恢復自由，也可以說是失去支撐。

應該可以自由活動的手掌依然緊貼在雅的胸前沒有離去。

香菜停止處理眼前的情報，只剩下很想逃走的念頭。

「看起來妳很喜歡，太好了。」

「這……這跟喜……喜歡或是不喜歡並沒有……」

她原本想表示喜不喜歡並不是重點，舌頭卻沒有那麼靈活。

香菜的右手彷彿橋梁般地橫跨在兩人之間，卻很不牢靠地抖個不停，宛如遭受大風吹襲

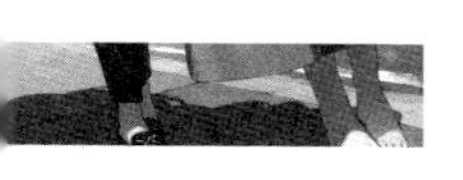

的吊橋。發生什麼事？到底怎麼了？她的腦袋已經超出負荷。

雅在此時發動追擊。

「那我這邊也要開始行動了。」

「咦？那個……？」

雅把手伸進香菜的衣服內側。香菜感覺到對方的手指直接輕輕撫過自己的腹部，身體也因此猛烈晃動。繼續前進之後，雅的手隔著內衣抓住香菜那欠缺分量的胸部。坐在床上的香菜整個人往上彈了起來。

「上一次隔著衣服，這一次算是循序漸進。」

「咦？咦咦咦？是那樣進行的嗎？」

香菜這邊根本是徹底脫序。

「下一次妳也可以直接摸我。」

「是……是喔？」

大人真是什麼都懂！香菜內心感到非常震撼，彼此同齡的事實已經被她拋到腦後。如同有一股蒸氣輪流從左右衝擊著香菜的腦袋，她感覺到熱氣變化多端地傾斜移動。

雅的手指肆無忌憚地揉捏香菜的內衣和胸部。香菜完全講不出話來，只有類似慘叫的驚呼卡在臼齒後方並持續累積。一方面覺得不能輸同時又忍不住吐槽到底有什麼不能輸的香菜

決定也開始進攻雅的胸部。就像是沿著表面滑動，她的手指重複著彎曲再伸直的動作。這樣做了一陣子之後，香菜也自然而然地不再只靠手指，反倒為了能用整個手掌去覆蓋住雅的胸部而改變了位置……這個變化是香菜的主動行為，也讓她本身感到頭昏眼花。

明明平常完全無法發揮任何適應力，為什麼卻在這種時候突然懂得變通？她滿心都是想要詛咒自己的念頭。

「怎麼說……應該說是很不可思議，還是一口氣衝上來的感覺？」

不須特地詢問，已經沉迷其中的香菜自己說出了感想。

觸碰雅的行為讓她精神亢奮，被雅碰觸的狀況則讓她內心未知的情緒翻攪沸騰。

彼此給予對方又從對方那裡獲得的感受比太陽更加灼熱，更加貼近，甚至還有種確實感。

對於香菜來說，這種感情的爆發宛如劇藥。

簡直足以導致她的嬌小身軀整個炸裂，誕生出另一個存在。

話雖如此，要是省略掉那些刻意雕琢的文字，其實她們兩人只是一起坐在床上互相撫弄對方的胸部而已。

「那個……這種行為……是不是非常傷風敗俗……？」

「不，完全沒那回事。」

雅面不改色地如此宣言。即使是意志軟弱的香菜，這次也無法因為他人的意見而直接附和。

「不，這樣絕對很傷風敗俗……有礙風化……」

這句抗議微弱到感覺隨時都會消失。香菜的腦袋熱到發燙又伴隨著疼痛，讓她忍不住擔心是不是流血了。至於雅那邊，似乎很愉快地欣賞著香菜像這樣暴露出自身是個脆弱生物的種種行徑。最後，雅把手指伸進香菜的肚臍裡，彎起手指摳了一下。

「呃啊！」

「我滿足了。」

如此宣言之後，把手收回的雅再次躺到香菜的大腿上。她的神色一派平靜彷彿風暴已經遠離，香菜那邊卻正在遭受狂風暴雨的摧殘。

耳鳴在香菜的內部製造出宛如狂風大作的聲響。

右手不斷顫抖，像是在陳訴中毒的症狀。

最後她的雙眼捕捉到某個目標。但是腦袋感覺正在發熱，造成眼球周圍是一片朦朧。

等香菜回神時，她才發現右手已經有一半脫離意識控制，擅自做出動作。

輕輕地，蓋到了雅的胸部上。

「啊嗚！」

不明白自己究竟在做什麼的香菜滿心驚愕。

雅的表情看起來非常愉悅。

「什麼啊，原來妳還沒摸夠嗎？」

不須多少時間，香菜的自我就如同沙子般崩毀。

「唔！」

直到事先設定好的鬧鐘發出聲響，意識彷彿隨風散去的香菜才再度清醒過來。為了配合師父的回程，現在是她必須離開旅館開始移動的時間。

多次確認自己的右手沒有接觸雅的胸部後，香菜點點頭「嗯」了一聲。

「那個……我差不多……」

「嗯……等一下。」

聽到香菜如此告知，平常會直接起身的雅卻把腦袋更靠了過來。

「我希望妳今天可以待久一點。」

她伸手抱住香菜的腰。根據語氣和態度，推測雅可能是睡迷糊了的香菜觀察起對方。

閉上眼睛的雅保持抱著香菜的姿勢，沒有任何動作。

「妳身上有泥土的味道。」

雅對香菜提出跟以前相同的感想。

「要我待久一點……是指多久呢？」

「待到明天。」

這個時間超出香菜原先的預估。

「呃……意思是，要我住在這裡？」

「嗯。」

面對不同於平常的要求，香菜很難得地換上認真的表情。

既然和往例不同，就代表必須有什麼導致變化的要素。

畢竟要是沒有任何影響，凡事理應一如往常。

就算是香菜也懂得這點道理。

「那個……發生了什麼事？」

「不。」

雅簡潔否認。

「沒什麼事。」

因為雅的臉依然埋在香菜身上，聲音聽起來有點含糊不清。

「什麼都沒有。」

「……這……樣啊。」

香菜察覺這大概是雅不想提起的話題，起碼現在不想多說。

於是她把手放到雅的背上，有點煩惱自己到底該怎麼辦。

還沒想出答案的香菜彎下腰稍微往前傾，打算偷偷聞一下雅的味道。雖說是偷聞，用力過度的她卻發出了明顯的呼吸聲。從雅的身上可以聞到都市的氣息，一種會讓人聯想到灰色牆壁的冷硬氣味。最後香菜發現，平常能隱約感覺到的脂粉香氣並沒有參雜於其中。

「………………………」

她坐直身子，伸手撈起雅的金髮，讓髮絲沿著指縫落下。

看著一絲絲金髮不斷滑落的光景，香菜滿腦子都是「好美喔」這種籠統的讚美詞。

「那我至少跟師父講一聲。」

「請便請便。」

腰部依然被雅纏住的香菜把手伸向自己的手機。

「拿……拿不到。」

雖然香菜拚命伸長手臂，還努力扭動身體到了骨頭幾乎要嘎吱作響的地步，結果依然碰不到床舖邊緣。她的手指只能在什麼都沒有的地方健身般地進行屈伸運動。

「加油啊～～」

雅的聲援沒什麼誠意。她完全不打算幫忙，只是繼續摟著香菜。

「唔唔唔唔……」

讓這種事成為自己在今天一整天當中最努力的事情真的妥當嗎？還在奮戰不懈的香菜忍不住滿心懷疑。最後她帶著雅一起橫倒到床上，好不容易才終於搆著了手機。

覺得起身太麻煩的香菜懶散地直接躺著撥出電話。

師父很快接聽。

「啊……師父，其實今天啊，就是那個怎麼說……決定要住一晚。」

『是嗎，那我回去了。』

「啊，是的……」

師父辛苦了……這句話還沒說完，電話已被掛斷。

「師父真是堅決果斷啊，讓人感慨。」

香菜心想假使自己就這樣直接沒有回去，師父大概也不會有什麼特別的感想吧。

她很喜歡師父這種決絕的冷淡。

「可是我要怎麼回去呢……」

「我送妳回去。」

「啊，妳有駕照嗎？」

「沒駕照但會開車。」

這個回應讓人很害怕。香菜腦中閃過自己或許也可以辦到這點小事的念頭，不過下一瞬間她就撤回這種不現實的推論。雅把身體更貼向香菜，身上的套裝在兩人之間摩擦。

「妳的衣服已經整個皺巴巴了……」

其實香菜這邊也因為先前的行為而衣衫不整。這時她注意到可以從凌亂的上衣隱約看見雅的胸部，不由得一下轉開視線一下又偷偷觀察，實在相當忙碌。

「晚上睡覺時我會好好把衣服脫掉……」

聽到雅懶洋洋地如此回應，香菜這下才想到房裡只有一張床，一口氣羞紅了臉。就算是少根筋的香菜，起碼也擁有這種程度的羞恥心。

「我……我是那種……睡覺時會穿著衣服的類型。」

緊張到幾乎要口吐白沫的香菜提出莫名其妙的宣言。

「因為我已經提不起勁繼續逃走了。」

雅似乎沒有聽見香菜說了什麼，而是茫然地自言自語。

但是雅的發言也沒有傳進心慌意亂的香菜耳裡。

對於兩人來說，雙方的意願都沒有發揮任何意義。

梅雨依然盤踞在城鎮和人類的上空，敲打著建築物的雨滴帶來令人無法忽視的聲響。雨水滲入地面，原本乾燥的土壤散發出獨特的氣味。

在這樣的天氣籠罩下，香菜和師父今天依然窩在工坊裡繼續製作陶藝。

兩人最後一次前往市區的時間大約是三星期前。

在七月即將來臨的日常生活中，難得有來客的身影造訪此地。

「師父，外面好像有車子的聲音。」

在工坊裡走來走去的香菜停下腳步，向師父報告自己察覺的聲響。

「車子？」

手上繼續製作的師父露出懷疑表情，什麼人會跑來這種山上？

她心裡毫無頭緒，於是看了香菜一眼。香菜很隨便地搖了搖頭。

「我應該沒做壞事，師父。」

「是嗎？」

師父也很清楚這個徒弟沒有為非作歹的能力。她抬了抬下巴指示香菜去看看是怎麼一回事，然而香菜看到動作後卻傻愣愣地依然毫無反應。師父嘆了口氣。

「妳去看一下狀況。」

「好的好的。」

正是這個愚鈍到只要稍微拐彎抹角就無法得出答案的徒弟讓師父忍不住嘆氣。

放著身上髒汙不管的香菜慢吞吞地往前跑。來到工坊外面後，她看到一個撐著傘的人影和雨水一起造訪。雨雲和傘面色彩的後方有著金色的光輝正在等待。

「嗨。」

注意到香菜之後，雅輕輕舉起空著的那隻手。

「哎呀……」

這句話的後半段本來是「辛苦妳來到這種地方」，不過擔心會被師父聽到的香菜臨時硬吞了回去。

或許是因為正在製作陶藝，現在的她比平常稍微聰明一點。

確定雅身後的空間停了輕型貨車以外的車輛後，香菜大聲向師父回報。

「師父，是認識的人！」

「這樣啊。」

聽到工坊內部傳出語氣冷淡的回應，雅晃著肩膀輕輕笑了。

「……是誰？」

又過了一會兒，聲音總算詢問了訪客的身分。

「呃……是新城小姐。」

「妳不是要叫我小雅雅嗎？」

「人家不好意思嘛。」

香菜還忙著敷衍地表示害羞時，嘀咕著「所以說到底是誰……」的師父到最後還是只能自行出來外面確認。她跟雅打了照面，先把視線轉開後，才「噢」了一聲結束比對程序。

「原來是妳啊。」

「午安。」

「嗯。」

師父稍微點了點頭，隨即回身準備離去，連問都不打算問一下雅的來意。

但是她突然停下腳步像是想到什麼事情，還主動開口對雅提問。

「那傢伙還好嗎？」

面對一時心血來潮似的關心起前任徒弟的師父，雅也閒聊般地回答。

「噢，哥哥他死了。」

「咦？」

站在旁邊的香菜懷疑起自己的耳朵，師父也睜大了平常顯得細長的眼睛。

「哎呀，我沒跟香菜講過嗎？」

只剩下雅還有餘裕觀察其他人的反應，態度也很鎮靜。雨聲在她的雨傘上彈跳。率先回過神的人是師父。

「這樣啊。」

她一如往常地低聲說了這句話，而後走回工坊。雅只是笑著目送師父離去。

「沒想到哥哥沒博得多少好感呢……」

她看起來甚至對這種冷淡反應感到頗為滿意。

留下來的香菜研究了一下雅的樣子，煩惱著自己該跟對方說什麼話才好。

「嗯？」

注意到香菜的視線後，雅也回望香菜。兩人的視線高度有相當的差距，使得香菜有些畏縮。雙方面對面時，她總覺得彼此的年齡似乎相差了個十幾二十歲，而且她還沒發現說起來這其實是一種很欠缺禮貌的感想。

「……真的嗎？」

「我不會說那麼無聊的謊話。」

雅把手上的雨傘轉了一圈，然後稍微往上舉高。香菜看了看雨傘和地面之間的空間，心想這似乎是在暗示自己站進去。她戰戰兢兢往前踏了幾步，雅似乎很滿意地露出淺淺微笑。

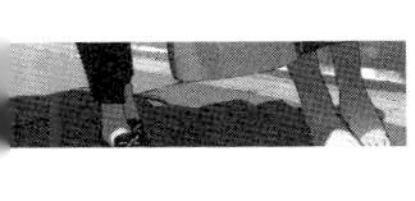

雖說季節已經輪替，這種看似親切的笑容無論何時都依然沒有改變。

雅低頭看向進入雨傘範圍內的香菜。對於香菜的生活來說，雅的雙眼充滿了異國的色彩。

「大約是三個星期前吧，聽說我哥哥摔下樓梯而死。我想應該是被人推下去的，不過真沒想到他會如此輕易喪命。」

「是喔……」

由於香菜和雅的哥哥也見過幾次，聽到這種輕描淡寫的報告反而不知道該怎麼反應。她對那個人的印象只有溫和的笑容，完全無法想像對方死去的模樣。

「畢竟我哥是個長年從事非法勾當的人，遲早會碰上這種事。」

說什麼遲早會碰上，一旦碰上不就完蛋了嗎？這樣想的香菜回推了三個星期，這下才察覺到一件事……上次和雅見面的時間剛好也是同一個時期。她回憶起雅當時的態度，終於恍然大悟。即使抬頭看到的金色並不帶有絲毫陰影，香菜還是開口發問：

「那個……雖然已經過了一陣子，但是妳還好嗎？」

聽到香菜這種畏縮的擔心，雅的視線四處飄移了一會兒。

「嗯……如果我說不好，妳會安慰我嗎？」

不光是雅的態度，連當時發生的種種都鮮明憶起的香菜「唔嘿嘿」笑了幾聲，把這個問

題搪塞了過去。她低下頭來注意到雅的腳已被四濺的雨水淋濕，於是提議道：

「那個……要不要進去裡面？」

別擅自闖進來啊……待在不遠處的師父內心嘀咕。

「不，我馬上要走了。在這裡就好。」

「是喔……」

香菜的消極回應似乎讓雅感到很自在，她點了點頭。

「我今天來這裡是為了建立重要的事物。」

「咦？」

香菜沒有聽懂。重要的事物？事物……事物……她努力動腦思索。

「是想要陶藝作品嗎？」

哈哈哈……雅笑著沒有回應。

「哎呀怎麼說，因為我想如果事先準備了那種東西，是不是比較能激發活下去的幹勁之類？對我而言，過去符合這種條件的應該是哥哥，畢竟再怎麼說他都類似是和自己相繫相通的另一部分。不過哥哥已經不在了，評估下一個對象時，最後就想到了妳。」

雅仔細地列出動機，沒有停下來等待香菜理解。

接著，她在雨聲中講出這句話。

「香菜，其實我……經常有毀掉妳的衝動。」

「咦？」

雅伸出左手撫摸香菜的臉頰。她的手和常人一樣溫暖，或許是因為如此，香菜反而感覺到溫差造成的寒意。

「我想用指甲抓傷妳的柔軟肌膚，製造出無法消除的痕跡，撕扯破壞，碰觸滲著血的傷口。像這樣的衝動……真的經常湧上我的內心。不過呢，我認為這是極為自然的心理運作。」

「是……是……是那樣嗎……？」

這種願望跟香菜完完全全沒有任何交集，她不知道要如何傷害他人。也不懂得如何對抗他人或面對他人。

「到底要對妳做出什麼，才能讓妳生氣呢？最近，這是我最在意的問題。」

雅的嘴巴和身體同時動作。

「因為……雖然形式不同，但妳和我一樣情感稀薄。」

「啊……」

在香菜接收別人對自己的評價並做出反應前。

碰觸臉頰的手彷彿已適應般地控制她的下巴，調整她臉頰的位置。

當香菜的視線配合臉部的動作向上抬高的那瞬間，雅身上的氣味靠了過來。

鼻子被香氣包圍，視線被金色籠罩。

嘴唇的觸感遲遲沒有到達香菜這邊。

無論是貼合還是遠離，都由雅主動執行。半張著嘴的香菜則是一動也不動。

看到這種反應，雅挺直背脊後進行確認。

「該不會……這是妳的第一次？」

「嗯嗯啊啊第一次……咦？欸欸欸欸欸？」

沒進入狀況的香菜一開始還如常回答，講到一半才終於整個人傻住。

為了正確理解自己承受的衝擊，她耗費了太長的時間。

一切都是香菜未曾經歷過的接觸。

「這……」

「這？」

雅換上微笑，以滿心期待的態度鼓勵香菜繼續說下去。

香菜一會兒把身子往後仰，一會兒又揮動手臂，心慌意亂地不斷動著上半身。在跳什麼舞啊……由於持續太久，甚至讓注意到這光景的師父很不以為然地瞧了她一眼。

必須等待相當長一段時間，香菜才能夠冷靜下來。

最後，她終於開口繼續往下說。

「這……這種行為……好像有人說過……應該要跟喜歡的人才做……」

香菜不停重複彎曲右手手指又張開的動作，心想自己現在提這種事或許太晚了。

當初手握胸部的感覺又清楚浮現，導致香菜感到耳朵似乎比嘴唇更加灼熱。

「嗯……這個問題很難回答……」

雅閉上眼睛，看似極為認真地思索答案。

「若從戀愛的層面上來看，說不定程度還很輕微。不過我確實喜歡妳，也想待在妳身邊。」

「……因為我沒有敵意？」

還是沒有惡意？話說出口，香菜才注意到好像有一點點不太一樣。

「我啊……喜歡不會傷害我的人。」

說到這邊，雅放下雨傘。頭髮和肩膀就此暴露在雨勢之中，雨水毫不留情地落了下來。

平等地灑在雅和香菜的身上。

「所以我以前也喜歡哥哥。」

雅的好意以過去式來做出了歸結。她的聲調很乾燥，雨水也沒有流下。

香菜就像個小孩，抬頭望向眼前的雅、雨傘，以及下著雨的天空。儘管水滴沿著額頭滑

落，她也沒有因此退縮。

覺得自己必須說點什麼的香菜遲遲找不到適當說辭，這時雅甩著雨傘主動開口。

「其實啊……我本身也有可能這兩三天之內就會死掉。」

雅的態度彷彿事不關己，讓香菜的困惑更勝過驚訝。

「呃……是因為妳的工作嗎？」

她不由自主地壓低音量。「沒錯……」雅隨口表示肯定。

「因為我是個壞人。可是我又想靠著某事……例如有個重要的人在等我之類的寄託來促使自己能夠活下去。」

重要的人是妳喔，雅如此再三叮囑。明明是口頭叮囑並沒有實際接觸，香菜還是動搖了一陣。

「我至今為止都很開心，謝謝妳。」

才說過要試著活下去，雅卻告別似的表達謝意。在香菜回應之前，對方搶先將雨傘的傘柄塞進了她的手裡。傘柄留有掌心的溫度，就像是一直保溫至今。

香菜把注意力放到雨傘上後，產生雨聲不在頭上而是距離遙遠的錯覺。

「說不定要永別了，再見。」

沒有取回雨傘的雅在雨中回身離去。香菜茫然地望著雨水在雅的長髮上化為金色瀑布往

下滑落的光景，心想自己是不是該多說一點什麼才對？

這時的香菜慢半拍地突然焦躁起來，各種情報也終於在她的腦裡相互串聯。

雅的哥哥死了。

她本人也有可能喪命。

所以在那之前，雅來找香菜見面。

「雅來找自己見面」。香菜慢了一步，真的是事到如今才察覺這種理所當然。

雅在這種幾天內就有可能喪命的情況下，特地前來找香菜見面。

就算附加了很多理由，不過……

「這下不妙……」香菜喃喃自語。

聽起來有點像是在發牢騷。

說不定……對方真的喜歡自己。

這個想法才剛浮現，巨大的陰影就覆蓋住香菜的內心。

比雨雲更沉重的黑暗將她徹底籠罩。

「啊……」

香菜感覺到身體正在洩氣，氧氣逐漸喪失。

應該要配合感情積極活動的能量也全部消散而去。

她的腦中產生了許多想法，卻沒有任何一個能夠實際執行。

香菜沒有回到工坊裡，只是愣愣地站在原地，看著雨中的遠方。

在屋內的師父繼續作業，偶爾才會抬眼看一下她的背影。

「師父居然感冒了，真是難得。」

「是啊。」

真的是那樣嗎？師父回答之後卻感到疑問。記憶的輪廓受制於發燒的熱度而難以具體成形，最後她花了幾分鐘才總算回想起上次因為感冒而倒下是多久以前的事情。

「那時候……」

師父低聲自言自語，把距今兩年以上的往事和現今的狀況做了個比較。

那時候連前任徒弟也不在場，自己一個人待在家裡。

現在則是有個擰毛巾的徒弟跟在身旁。

這個徒弟擰過的毛巾濕答答地在師父的額頭上著地。

師父心想，妳好歹再努力點。

香菜和雅見面的隔天，師父從一大早就身體不適。

明明淋雨的人是香菜，她本人卻是活蹦亂跳。

雖然沒說出口，師父心裡卻覺得香菜大概是某種人不會感冒的實例。

至於香菜則是發現師父原本泛白的臉色因為發燒而微微泛紅，看起來反而比平常更有精神。不過畢竟正在照顧病人，她的嘴巴倒也頗為克制。

雙方都把大致上的真正想法藏在心底。

「師父，這樣舒服嗎～～」

「整個濕答答的。」

「哎呀呀？」

香菜捏起毛巾，拿到裝水的臉盆上「嗚哦哦哦」地試著再度擰乾。

實際上不知道為什麼她發出「呃啊～～」的聲音還採用了彎著腰再把手伸長的姿勢，最後呈現出敗在毛巾手下的構圖。

師父只能認為輸了也是當然。

拆掉綁在頭上的毛巾放下頭髮的師父，散發出和平常不同的氣質。發熱導致臉色比較紅潤大概也是原因之一，但總之香菜認為師父向來的冷漠氛圍已經減輕。

「我覺得師父說不定也算是個美女。」

「……我就當作這是在稱讚我吧。」

師父嘆了口氣，明白這個徒弟大概沒有惡意。

像這樣稍微靜下來之後，會注意到整棟房子和看出去的景象都受到大雨包圍，激烈的雨聲甚至讓香菜聯想到瀑布。她不由得抬頭看向天花板，擔心這間跟工寮沒兩樣的老房子會不會有漏水的風險。

由於家裡沒有體溫計，只能用摸額頭的方式來確認是否發燒。香菜跪在旁邊，緩緩地把手放到師父的額頭上。師父不發一語地看著她的動作，並重新注意到香菜的手掌其實很小。除了陶藝其他事都做不成的這隻手擁有剛好的涼爽溫度，讓師父輕輕地呼出一口氣。

量完溫度以後，香菜再度把毛巾放到師父的額頭上。這次算是半濕，不至於無法忍耐。

「師父，想喝水嗎？」

「好……啊，我自己去拿。」

師父邊說邊打算起身。「這麼不相信我～～」香菜不由得想要自嘲一番。

「師父，寶特瓶不怕摔的沒關係！」

「別摔就對了。」

確認師父可能是因為輸給倦怠感而再度躺下之後，香菜慢吞吞地展開行動。「這個人的每一個動作看起來都缺乏幹勁」，這是師父最初的感想，到了現在依然沒有改變。

只是彼此一起生活了一年之後，或許是已經習慣了吧，多少能感覺到香菜擁有獨特的可愛之處。

況且基本上，也可以看得出來她具備付諸行動的意願。

「奇怪的傢伙。」

師父最近對香菜的評價總是會歸結到這句話。

過了一陣子，香菜捧著一個寶特瓶回來，彷彿這是一個很重大的工作。

由於這段過程沒有發生任何問題，師父覺得以這個徒弟來說算是一切順利。

「師父，請把嘴巴張開。」

香菜打開寶特瓶的瓶蓋，直接把瓶口遞到躺在被窩裡的師父嘴邊。

「不，我自己喝……」

「這點小事不必勞煩您親自動手！」

「等一下……」

至少讓我起身之後再喝。

「來吧來吧大口喝下去。」

師父還沒把話講完，香菜已經搶先行動。

「咳咳！」

因為香菜把寶特瓶過度傾斜，突然衝進嘴裡的水害師父狠狠嗆到。看到師父的嘴巴跟鼻

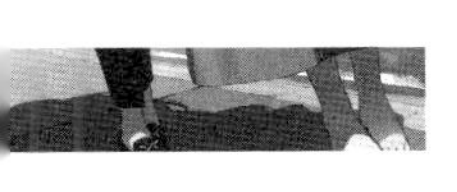

子都冒出大量清水，香菜「哎呀呀」地很是驚慌失措。師父邊擦臉邊撐起身子，一言不發地接過寶特瓶。

「對不起，師父。」

「不，是我的錯。」

是光憑運送一個寶特瓶就高估徒弟能耐的為師有錯，師父言簡意賅地說明。

「師父真是心胸寬大！」

師父很想立刻把徒弟掃地出門。

她重新慢慢地喝了幾口水，又咳了一下才躺回被窩。坐在旁邊的香菜散漫地「嘿嘿呵呵」傻笑著，大概是想掩飾自身的失敗。師父繼續保持沉默，心想陶藝還可以另當別論，但自己絕對不願意指導這傢伙的日常生活。畢竟再怎麼看都沒救了。

「師父，妳以前感冒時都怎麼辦？」

「沒什麼。」

師父的回答很簡短。覺得應該還有後續的香菜靜靜等待，不過師父並沒有再度開口。

「沒什麼」是什麼意思呢？香菜感到滿心困惑。或許是察覺到她的困惑，連師父也顯得有些為難。她們兩人都不擅長處理人際關係，只是類型有些許不同。

師父和他人之間有著隔閡，香菜則是鴻溝。

「……只是像這樣吃了藥睡覺，通常睡個一天就會好。」

師父覺得自己說明了很無趣的事情。所以認定沒有必要多說的她先前才省略了答案，而且也不認為徒弟聽了這種回答後能夠做出什麼反應。

出乎她意料的是，香菜這次立刻接下這個話題。

「那樣不會很無聊嗎？」

「……唔。」

師父本來想回答「還好」或「沒什麼」，結果卻半途放棄，改為把視線移到香菜身上。她心想徒弟像這樣待在自己身邊又連連搭話的行為，該不會是一種體貼的表現吧？兩人雖是師徒，這層關係卻沒有那麼牢固。要是仔細思考，彼此甚至不過是無關的外人，這傢伙到底為什麼會在這裡呢？師父突然產生這種疑問。香菜不知道是怎麼解讀師父的視線，她拉起嘴角形成友好的弧線，但整體的表情倒像是嫌麻煩似的沒有笑意。

「我記得師父沒有家人，對吧？」

師父輕輕點頭。她沒有兄弟姊妹，雙親也早早離世。和親人別離時當然也曾感到寂寥，然而到了現在，那樣的感情已經不復存在。師父經常實際體認到自己和雙親真的已經拉開了距離。

回憶近在身邊，但是無論往哪個方向前進都無法到達。

「果然是那樣……」

香菜吞吞吐吐地含糊回應。她只是想問問看而已，沒有能力從這個話題再延續到其他討論上，因為香菜並不擅長帶動對話。不過呢，師父在這方面也沒有立場批評別人。

「啊……話說回來那位男朋友最近都沒來呢。」

「什麼？」

師父語氣僵硬地回問，香菜「哎呀哎呀」地發現自己講錯話了。

「哪個？誰？」

「呃，就是那個黑色的人。」

「到底是在說誰啊……」

提問反而帶來更多謎團。所以說這個徒弟真的是令人不禁感到傻眼。

「就是啊，有個偶爾會在大樓裡碰見的人……啊，那好像跟現在的話題無關？嗯，無關，所以剛剛說的都先不算數喔，我是說之前……好像滿久以前了？就是滿久以前不是有個人來這裡移除蜂窩嗎？我以為那個人是師父的男朋友……所以……」

和香菜一起生活了一年，師父已經明白當她喋喋不休時只要注意最後一段就好。所以跳過前半段只聽了後半段之後，師父總算想到香菜說的是去年在市區認識的某個男子。

「噢，是那傢伙……」

師父喃喃自語，接著瞪著香菜否認。

「不是男友。」

「啊，是那樣嗎？」

香菜再度嘿嘿呵呵地裝蒜，師父則是嘆了口氣。

「驅除害蟲嗎……完全沒派上用場。」

由於那名男子謊稱專門驅除害蟲，因此師父刻意拜託他處理蜂窩。結果那傢伙只是嗚嗚啊啊地大聲慘叫四處逃竄，根本沒有什麼成果。當然，眼前的軟弱徒弟也沒有任何貢獻，到頭來只能一如往常的由師父自己動手解決。男子則是喝了茶以後離開，師父只想叫他滾遠點再也別來。

不過這下倒是讓師父順便想起，那傢伙明明說過還會再來卻半年以上都無消無息，前往市區在車站附近活動時也從未偶然遇見。儘管那傢伙並非特別顯眼，卻有種不管上哪去似乎都會湊巧碰頭的特質。

當然，師父認為見不到面也無關緊要，她和對方的交情並沒有好到會擔心彼此。

況且那傢伙持有槍枝，說不定已經死了。

一旦使用危險物品，就會讓自身也暴露在相同的危險之下。

「……………………」

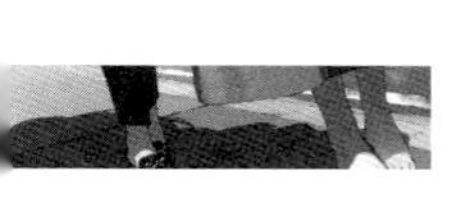

「呵呵呵……」

香菜發出沒有意義的笑聲，大概是想要填補沉默的空檔。既然無話可說，其實她大可以起身離開。轉開視線的師父注意到走廊有了動靜，於是移動眼球，看向那邊的毛茸茸生物。

「喔喔，狗。你是不是也在擔心師父？」

狗探頭觀察房內，卻在香菜對牠搭話後立刻移動到走廊的角落坐了下來。臉上照舊是無精打采又有氣無力的表情，似乎是要放空寄身於雨聲之中。

「看樣子我猜錯了。」

「是啊。」

那隻狗會擔心的大概只有午餐之類吧……師父默默想像。

「像我就超級擔心妳的健康喔師父！」

「說謊。」

一向面無表情的師父也忍不住因為這過於輕浮誇大的關心而露出一絲笑容。

被看穿的香菜「哎呀」一聲，似乎很不好意思地拍了拍自己的膝蓋。

「但是我真的在掛念師父要不要緊！」

「噢，是嗎？」

師父認同那種程度的關心屬於合理範圍。要是換成認識的人得了感冒，自己大概會是相

同的反應……或許會？當師父正忙著懷疑自己時，香菜難得地挺直背脊。

「其實那樣很好。」

「……哪樣？」

師父不確定香菜在稱讚什麼事情。香菜豎起食指轉了轉圈，接著才開口回答。

「就是啊……師父應該對我毫無興趣吧？」

「嗯。」

師父毫不猶豫地肯定香菜的說法。

「我覺得那種人反而比較好溝通。」

因為隨便講講就好……香菜笑著轉開視線。

「別看我這樣，其實很不擅長人際往來。」

「……所謂『別看妳那樣』的部分讓我難以理解。」

「欸嘿。」

香菜又露出只有牽動嘴角的笑容。她伸手取下師父額頭上的毛巾，泡進臉盆裡的水。水花濺起的聲音和毛巾吸收的水分往下滴落的聲音帶給師父些許的清涼感。發燒可能也造成一些影響，室內的悶熱形成無法完全忽視的不快感侵襲肌膚。師父發現這種感覺和遭受沒興趣對象糾纏時的感覺說不定有點類似。

她看著以不可靠的力道擰乾毛巾的徒弟，心裡默默思索。

沒錯，她們這對師徒似乎都不擅與他人往來。

差別在於自己是無情，而徒弟是感情太過稀薄。這是師父的分析。

「我對祖父還有凱碧……對朋友就能正常說話。」

「是嗎？」

那樣的話比我高明多了，師父把稱讚香菜的話留在嘴裡。換成她自己，無論對象是誰都一視同仁。

沒有辦法改變。

即使面對朋友也不例外。

「…………………」

對方為什麼會願意成為自己的朋友？

事到如今，師父才覺得真是不可思議。

香菜把實在沒有擰乾的毛巾放到師父額頭上，接著提出疑問。

「師父知道我叫什麼名字嗎？」

「…………不。」

現在被問到後，師父才開始思考徒弟到底叫做什麼名字，視線也到處亂飄。她記得之前應該聽過，只是完全沒有使用的機會所以無法記住。

「看吧。」

香菜露出很滿意這種反應的笑容。這傢伙能說出我的名字嗎？師父很想回問。恐怕香菜也說不出來，兩人之間就是這樣的距離感，或許正是因為如此才能順利相處……至於這種情況到底算不算是「順利」只能先姑且不論。

「師父的朋友中，有人是殺手嗎？」

這傢伙怎麼突然提出這麼恐怖的問題？師父睜大眼睛嚇了一跳。

「沒有……或者該說現在沒朋友。」

師父還算自制地再度強調她只是現在沒朋友。

「哎呀哎呀……」

聽了這個回答，香菜的眼珠子骨溜溜地轉了幾圈。

接下來她手足無措了好一陣子，最後終於放棄。

「我本來想幫忙漂亮地打個圓場，結果漂亮地什麼辦法都沒想到。」

「省了吧。」

因為並沒有造成困擾。這時師父比較起平常和現在的狀況，發現自己今天相當多話。

為什麼生了病應該休養時反而饒舌起來呢？

不協調的到底是自己還是徒弟？師父一時無法判斷，坐著的香菜卻突然往上彈跳了一下。

「師父，我有沒有什麼優點？」

既然沒有話題又何必勉強開口？這個沒辦法鎮定下來的徒弟讓師父有些疲勞。

「好像沒有……」

這個問題換到的回答是一片靜謐。

「嗚啊啊啊啊啊！」

香菜倒地掙扎。不過看樣子她並未受到太大打擊，很快又爬了起來。

「嗯，我想也是。」

「……對了，剛剛可能找到一個……」

「咦？是什麼是什麼？」

香菜立即反應，激動得像是要跳過墊被，覺得自己不該多嘴的師父頗為後悔。她看著滿心期待的香菜在周圍晃過來晃過去的樣子，心想濕氣要是能保持人形說不定也是同一副德性。最後，師父總算決定面對問題。

「妳的手很涼。」

「手？」

這個?香菜張開手掌晃了幾下。對,師父簡短肯定。

「身體發熱時很舒服。」

「哦哦?」

香菜似乎想到什麼妙計。她用雙手捧起師父的臉頰,接著摸來摸去,拍拍這邊拍拍那邊。

「這樣舒服嗎,師父?」

「不舒服。」

「咦?」

剛才喝水時也是一樣,這傢伙不懂什麼叫做分寸嗎?把師父的臉頰都拍過一輪後,香菜終於收手。師父輕輕搖了搖頭像是想甩掉滿臉的香菜指紋。香菜以一如往常的茫然眼神捕捉師父的行動,同時也稍稍彎下腰窩起身子,看起來彷彿是扛起了逐漸變強的雨勢。

「其實我從之前就在想,到底該不該問這個問題……」

「什麼?」

不同於香菜愈說愈沒自信的態度,師父的語氣是一派平淡。她的聲音有點沙啞,大概是呼應了喉嚨的乾渴。香菜難得貼心地遞出寶特瓶,師父拿掉額頭上的毛巾坐了起來。她低頭看了看失去支撐而散亂的頭髮,發現頭上沒綁東西總有種很不安定的感覺。

「因為師父現在身體不舒服，我想比較不會那麼強硬……」

香菜嘿嘿傻笑了一陣，還沒進入正題就先公開了自己的企圖。這種不同於正直的坦白只讓師父感到傻眼，而且根本是繞起了遠路。

「有話快說。」

要是不主動催促，這個徒弟真的永遠不會開始正題。聽到師父的話，香菜收回亂擺的雙腳重新坐好。她把手放在膝蓋上讓身子微微前傾，然後才開口發問。

「那個，我是不是給師父造成困擾了？」

正打開寶特瓶瓶蓋的師父忍不住停下動作看向香菜。

她吸了口氣打算張嘴回答，香菜卻連珠砲似的搶先發話。

「就是啊……當初師父還沒答應我就跑來了，所以我想自己是不是成了負擔……也經常在睡前思考這個問題。」

「……現在才想這個問題不會太晚了嗎？」

對於師父來說，拜師入門至今已經過了一年以上才終於顧及到這件事的香菜根本和烏龜沒兩樣。她看了看低下頭發出「欸嘿嘿」笑聲但臉上卻全無笑容的香菜，同時補充水分並吐出一口氣。接著師父再度躺下，開始思考自己要如何回應困擾與否的問題。

「…………………」

她想像了一下。假如自己感到困擾，對方是不是打算離開？

根據目前還陣陣發痛的鼻子深處，師父認為就算是那樣也不成問題。

甚至只要稍微用力，感覺臉上還會冒出先前嗆到時殘餘的水。

可是……師父豎起耳朵聆聽窗外的聲響，激烈的雨勢正敲打著年代久遠的牆壁。

如果現在讓她離開，軟弱的徒弟可能會死在下山途中。

「……………………」

有夠麻煩，看著天花板的師父乾脆地如此判斷。

「我連想都沒想過這問題。」

到頭來，她決定拋開一切。

「是嗎？」

聽到不帶任何潤澤的乾澀聲調，師父看了香菜一眼。香菜立刻換上了笑臉。

明明她擁有隨和的長相，笑容卻總是透出一股尷尬感。從這種失敗的表情上，師父看出尚未完成的痕跡。

「既然這樣……就當作是現在進行式的感覺？」

師父聽不懂那到底是什麼樣的感覺，思考了一會才想通香菜是想維持現狀。

「……嗯，那樣應該就可以了吧……」

才剛喝過水的喉嚨很快又變得不太順暢。

唉，真是麻煩。

實在懶得去管。

比起發燒，這個話題更是導致師父陷入憂鬱的原因。她實在不擅長處理這類事情。

雖然搞不懂那到底算是什麼事情……師父自言自語地嘀咕著。

她的大腦已經失去深入思考的功能，更因為過敏反應而發出哀號。

在師父哀嘆腦袋居然退化至此的期間，香菜忙著東張西望。她已經恢復冷靜，到了「既然沒給師父造成困擾那就算了」的地步。畢竟不管怎麼說，香菜沒有其他棲身之處。

正如先前提到的，和師父之間的距離感讓她相當舒適自在。

一種把對方視同陌路，就算並不親近也不會讓彼此心生嫌棄的適切關係。

看著香菜環顧四周尋找下一個話題的模樣，師父不由得瞇起眼睛。

「我說妳……覺得跟我聊天有趣嗎？」

師父主動的提問極為難得，而且她已經自認答案不可能會是有趣。

香菜先「嘿嘿呵呵」地以本人風格陪笑了一番，而後才回答了這個問題。

「這個嘛……因為我是第一次和師父說這麼多話，所以還滿有趣的。」

「……是嗎？」

聽到並沒有機靈到可以巧妙撒謊的徒弟如此回應，師父閉上眼睛。

她總覺得以前問過類似的問題。

也覺得以前聽過類似的回答。

那個時候，自己是什麼樣的心情呢？

師父試著回想，卻受到類似睡意的感覺侵襲，意識有點渙散。

然而眼前的徒弟並沒有放過師父。

「其實……我還有其他事情想找師父商量……問問師父的意見。」

可以嗎？香菜玩著綁起來的頭髮並請示師父的意願。聽到這句話，師父總算理解對方是因為有事商量才一直賴在自己身邊，她差點想直接吐槽香菜是不是只有小孩子水準。

想找人商量應該慎選對象。萬一又是什麼困難的議題，搞不好會因為用腦過度而頭疼腦熱。身為師父，這樣的排斥感似乎讓腦子的內部蠢蠢欲動。最不可思議的是，這是師徒兩人共通的態度。

「……什麼事？」

師父的心情壞到極點，不過她已經睜開眼睛。

雖然這次是基於不同的理由，總之香菜的聲音又顯得很不穩定。

「師父……有沒有Cheese的經驗？」

「……拍照？」

師父舉起右手做出拿著相機的手勢。香菜先配合她的動作，接著才搖了搖頭連連否認。

「不是拍照時喊的Cheese，是這種感覺。」

香菜用雙手夾住自己的臉頰，接著嘟起嘴唇。

突然看到這種奇怪鬼臉讓師父很是困惑。這是什麼？她觀察著特別醒目的嘴唇部分，歪著頭思索和Cheese的關係。過了好一會兒，師父才終於察覺香菜的意圖。

「啥？」

即使看懂香菜是在示範什麼，師父仍然無法掌握正確的意思。

「講重點……」

「所以說就是這個那個……師父有經驗嗎？」

恢復正常表情的香菜或許也不好意思了起來，她的嘴唇和下眼皮都微微抖動。

不是Cheese而是Kiss的經驗嗎……師父抬頭望向天花板。

「應該……」

師父頂著持續上升的體溫翻找回憶，慢了一拍才注意到自己根本沒有必要坦白回答這種問題。因此她決定閉上眼睛，發出比平常更加平坦的聲調來放棄作答。

「我忘了。」

「哦哦，因為是成熟女人所以經驗多到沒辦法數嗎？」

「沒錯沒錯。」

根本沒把徒弟的發言聽進耳裡的師父隨口敷衍。只是到頭來她還是很在意這個徒弟到底想問什麼，於是再度張開眼睛。和師父四目相對後，香菜跪坐下來縮緊身子。

「其實是我之前被kiss了……」

「……被誰？」

師父無法推測出可能的對象，難不成是山裡的山豬之類嗎？

「就是這樣的人。」

「哪樣的人？」

香菜的比手畫腳完全沒有傳達出正確訊息。根據她用手畫出來的輪廓，對方連是不是人類都很可疑。起碼這附近沒有哪個人類擁有形狀類似三角屋頂的頭部。

香菜相當慌張。她的肩膀和雙手本來就很不可靠，現在更是如同豆腐般柔軟脆弱。

「那個……就是小雅雅。」

「所以說那是誰……」

香菜下定決心招供的名字沒能獲得師父的理解。

這傢伙真的很不會說話。師父無視自己也有一樣的問題，滿心的不以為然。

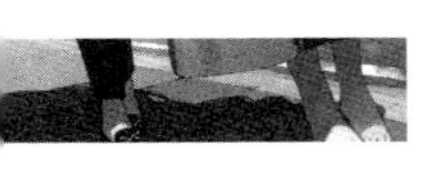

「小雅雅是我隨便幫她取的簡單綽號……」

「那不重要……」

「就是昨天還有很久以前都來過的那個金髮姊姊……啊，我們好像同年……」

聽完香菜生澀的解釋後，師父終於掌握了「小雅雅」的外貌。

「……噢，是那傢伙……嗯？」

就連被發燒折磨的師父也能立刻回憶起對方的臉孔，那個人是前任徒弟的妹妹。

沒錯，妹妹。原本就因為發燒而混亂的思緒變得更加模糊，還沒拿定主意的師父把視線移到香菜身上，只見那傢伙正在嘿嘿呵呵地笑著。笑有什麼用。

「所以是她跟妳？」

「呃……啊……對。」

其實兩人不但摸過彼此的胸部甚至還曾經脫光光一起睡覺，但是香菜並不打算把所有事情都攤到陽光下。她現在回想起來才發現順序似乎整個顛倒錯亂，倒是差一點因此而不知所措。

「……是嗎……」

就連師父也無法用一句話把這個話題隨便帶過。

「哼。」

她一開始以為是什麼世俗的討論，到頭來還是那種應該會導致用腦過度的話題。

師父重重地嘆了一口氣，明白自己至少要說點什麼才行。

「總之……那種關係也是一種選擇吧。」

逃往一條四平八穩的路線後，師父的臉色有點細微的變化。不過程度輕微，在發燒導致的妝容下沒有任何人能夠察覺。香菜當然也不例外，在沒有注意到這種變化的情況下忙得暈頭轉向。

「那個人會說她欣賞我還有喜歡我。」

「是喔。」

師父閉上沉重的眼皮，用態度表示別再拿這些麻煩事去打擾她。

不用說，她的徒弟沒有那麼細心。

「而且可以感覺到她是說真的。雖然我自己也不是不覺得那個人整體看起來就不太誠實，可是她講那些話的時候，聲調神色似乎都有些不同……或者該說是以很順暢的感覺一下子就進入我心裡。所以我想她是不是沒有騙我……不過啊……」

「……咦？什麼？意思是妳想放閃？」

我一點都不想聽那種事，師父的語氣有點尖銳。「欸呵呵呵」香菜發出有點令人害怕的笑聲。

「我不是那個意思，但是呢……」

她睜大眼睛支支吾吾了一陣子。接下來，傾瀉而出。

「真的讓人很傷腦筋。」

聽到香菜逃避似的「嘿嘿呵呵哈哈哈」連續大笑，師父睜開雙眼。

「傷腦筋嗎？」

「咦？」

「傷腦筋的話只要直接告訴對方造成困擾了就好。」

師父沒有明講，卻暗示了她自己向來都是那樣處理。講完這句話，覺得這次頗有為師威儀的師父內心有點得意。

另一方面，這種斬釘截鐵的意見讓香菜不知所措。她很脆弱，在語言形成的暴風吹襲之下只能隨風翻滾，心態方面也似乎隨時會受挫屈服。然而面對這種關鍵時刻，香菜反而不屈不撓。

她的精神發揮出韌性。

「說是傷腦筋……雖然也沒錯……」

師父沒有回應，香菜只能在尷尬氣氛中繼續說明。

她的腦中極為紛擾，彷彿正在下著一場帶有熱度的大雨。

「但是我想師父也知道，我這人相當笨拙。」

「嗯。」

師父的語氣仍舊是一派平淡。正因如此香菜才沒有遭受打擊，情緒平穩地繼續說道：

「所以該怎麼說……就算有人喜歡我，我也完全無法回報。這樣……應該不好吧？」

香菜讓步似的歪著腦袋對師父提問。

岩谷香菜這個人認為她自己很有自知之明。

她判斷所有的不安定和不成熟全都是自身的過去累積而成，沒辦法解決那些缺失也全都是自己的過錯。因此，這些不成問題。

儘管沒有出息，自己還是能夠負起責任。

可是，牽扯到別人時就會產生其他問題。

認識的人有時候會對香菜產生好感。

這個事實本身讓她感到很高興。然而自卑的心情也會同時湧上，覺得好像欺騙了對方。

因為香菜認為自己是一個徹徹底底什麼都做不好的傢伙，根本無法給予任何回報。

因為正是這分卑微，才會導致那些沒辦法拋下香菜的人誤以為萌生了好感。

她當然沒有辦法負起那些事情的責任。

「嗯……」

師父並沒有把香菜的提問聽進耳裡。她反而默默有點感動，心想難得看到香菜笑得如此自然。臉部表情的變化確實彼此呼應，形成一幅賞心悅目的表情。

或許是香菜習慣擺出卑微的態度吧，師父很感興趣地繼續觀察。

最後她終於發現仍在等待答案的徒弟似乎很脆弱地睜著水汪汪的雙眼凝視自己，心情不由得一口氣低落到說不定會拖累病情惡化。

「嗯……啊……這個嘛……」

師父很想冷漠無情地以一句「我也不知道」來打發徒弟，那些事情也確實與她無關。

然而態度可以變得如此強硬，內心卻出現些微沉重壓力。

化為日常的行動和精神之間產生了一丁點的齟齬。

或許是因為再怎樣也被對方叫了一年師父，讓自己產生一絲絲身為人師者應有的自覺。

這時候師父還想到先前並沒有直接嫌棄徒弟造成了困擾，忍不住偷偷咂舌。

「唉……」

她毫不客氣地搔著腦袋。

「師父妳頭皮癢嗎！」

師父把香菜伸過來想幫忙的手輕輕揮開，接著撐起身子吐出一口氣。

一旦移動身體，就可以感覺到沉澱的倦怠感浮上表面，逐漸滲透到身體的每一個角落。

師父看向香菜，貼在額頭上的毛巾逐漸下滑。

等到眼前變成一片白之後，師父喃喃說道：

「該怎麼說……唉，真的有夠麻煩。」

她發現想把意見和心情轉化成語言竟然如此困難，內心吃了一驚。只不過是在動腦思考後試圖讓想法往下延伸前往喉嚨，居然會導致全身痙攣抽痛。

她只想稍微活動過去被塞進角落忘記拿來使用的感性，結果卻僵硬到難以動彈。

「所以啊……」

否定的言論隨隨便便就可以脫口而出，相反的行動卻非常困難。

難道是因為自己成了大人？師父如此推論。但是回顧過去，她從以前就很少把稱讚掛在嘴上。

什麼嘛，原來是本性嗎？師父雖然對自身感到頗不以為然，倒也因此取得一點餘裕。

「妳知道自己來這裡做什麼嗎？」

「……咦？」

香菜無法理解師父的提問究竟有何意圖。這時師父抓住她的手轉了一圈往上舉，讓香菜感到有點疼痛。

這種疼痛也促使香菜把注意力放到手上。

師父對著她的手和手指說道：

「我讓妳能做的事情變多了，妳只要活用就好。」

儘管師父從未說出口，但她其實早已認可香菜。

即使心不甘情不願，就算身為同行實在難以承認，但她還是認可了香菜的才氣。

香菜整個愣住。

「我要直接告訴妳，現在的妳確實擁有自己能辦到的事情。」

也擁有可以回報他人的事物。這是師父第一次試著點醒徒弟。

她感覺到侵蝕自己的燥熱似乎也依附在向來冷漠的聲調上。

「……總之，要不要做全看妳自己決定，我這邊是怎樣都無所謂。」

最後說完這種像是撒手不管的發言後，師父總算放開香菜。她把掉到膝蓋上的毛巾拿起來放回額頭，瞄準枕頭倒了下去。雖然頭部的位置並沒有正對著墊被，懶得調整的師父還是直接閉上眼睛。一方面是因為疲勞，另一方面更是因為剛剛講了不符合自己風格的發言所以現在一整個羞恥難耐。

至於香菜那邊，她低頭看著被師父丟回來的手。看起來很不可靠的嬌小手掌。

就算盡可能撐開也無法抓起一顆球的沒用手指。

香菜一直認定自己一無是處。

可是師父否定了這個想法。

自己能做到的事情，在這裡學到的事情。

香菜的心裡只有一個答案。

接下來，她才靜靜地為了這個事實感到驚訝。

「妳知道自己來這裡做什麼嗎？」師父的聲音還縈繞在耳邊。

對，沒錯。香菜動動手指，像是要握住不存在於掌心的黏土。

「既然懂了就趕快行動！」——毫不客氣的聲音推著香菜前進。

香菜東張西望，因為那聲音來自熟悉的朋友。

毫無疑問是她的幻聽。

不過，朋友的聲音讓香菜露出稚拙的微笑。

慢了半拍，她又為了自己把朋友當成故人的行為謝罪。

不論這樣算是好還是壞，香菜就是如此單純。

一旦看到前方不遠處有著光芒，還沒深入思考已經往前衝刺。

她的內心欣喜雀躍，慶祝自己終於找到了答案。

香菜高高舉起還有點疼痛的手臂，很有活力地對著空蕩蕩的空洞大聲喝采。

「師父果然是最棒的！」

這聲大喊讓正在睡覺的狗嚇得身子一震。

「說謊。」

對於這種聽起來根本不像是稱讚的輕浮客套話，師父重重地嘆了一口氣。

那一天，從早睡到晚的師父作了好幾次關於過去的夢。

或許是因為和香菜聊了那些話，她回到了學生時代。朝日、夕陽，在各種陽光照耀下的教室。

至少那時候，世界充滿光芒又廣大寬闊。

背對陽光的人影往師父這邊延伸而來。

「乾燥到破皮了呢。」那個女孩的纖細手指觸碰嘴唇，師父則是以比現在還溫和一點的撲克臉來對應。

她作的夢，就是這種隨處可見的普通往事。

「妳還好嗎，師父！」

「不好。」

坐在椅子上的師父乾脆地據實回答。今天是得了感冒的第二天，但她的身體狀況並沒有明顯好轉。

在對抗發燒的途中，師父突然想到說不定是前任徒弟的妹妹把感冒病毒帶到山上。一直待在山裡過著這種與世隔絕的生活，免疫力難免比較低落。

這次的事情讓她確實感受到與他人的接觸會把好事壞事統統帶來。

所以自己討厭市區……師父嘆了口氣。

「妳可以躺下來休息喔師父！」

「我不放心讓妳一個人使用工坊。」

雨勢一直沒有停歇的早晨來臨後，香菜立刻前往工坊。師父只能帶著疲憊感跟了過去，只剩下狗悠哉地睡成一團。

光是坐著，師父就可以感覺到全身遭受寒意的侵襲。

「不，我意思是要不要躺在地上……」

這裡這裡，香菜伸出手掌示意工坊的地板。師父的右眼眼角猛然往上提起。

「……妳要我躺在被雨天淋濕的鞋子踩來踩去的地上？」

「這不小事一樁……啊，師父！請在那裡守護我的英勇表現！」

講到一半才發現不妙的香菜收回提議開始行動。

看樣子就算是特別後知後覺的徒弟，總算也正確理解了師父教誨的意義。

「哼……」

師父以乾澀疼痛的雙眼觀察在另一邊活動的徒弟身影，不由得略有反應。

她看起來相當認真。

雖然再怎麼說都不關己事，師父倒也沒有興趣否定全力以赴的作業態度。

「是說……妳知道我的名字嗎？」

「噫！」

確定得不到答案的師父如此發問。香菜停下動作，視線開始到處亂飄。

看到徒弟逃避的眼神和額頭的汗水，師父忍不住笑了。

「我就知道。」

「師父就是師父！」

香菜試圖營造出自己講了什麼名言金句的氣氛。

師父哼了一聲嘲笑她的行動，同時也肯定這句話其實並沒有錯。

「是啊。」

這對空有形式，連彼此名字都不清楚的師徒。

即使存在也不會造成困擾的微弱關聯。

這樣的距離想必是最佳的距離。

師父平穩地閉上眼睛，像是要暫時拋開身體上的病痛。

話說回來，那個人說過她或許會死。耗費數天的作業開花結果之後，香菜才終於回想起這件事。因為當時發生了足以蓋過一切的衝擊性行動，這件事的優先順位也因此被往後排。不知道雅是否要緊的香菜滿心焦慮，毫無意義地在墊被附近走過來又走過去。

反而是在旁邊看著她的狗顯得鎮定許多。

「啊，對了！」

自己絆到腳跌倒後，香菜拿起被丟進房間角落的手機。

這是她第一次主動聯絡對方。

雖說雙方都互相加為好友，卻只有雅想相約見面時才會使用。香菜這邊沒有什麼可以積極提出的話題，雅也不會特地找她閒聊。況且基本上，香菜幾乎不會自己主動去做什麼。這樣的她現在居然展開了行動。

拿這種事作為第一次聯絡的主旨真的不要緊嗎？香菜的背後冒出各式各樣的汗水。

她駝著背跪坐在地上。探頭看向手機的畫面。

『那個……妳還活著嗎？』

「雅致的碗」

面對想確認自己是否還活著的疑問，雅不知道該怎麼回答才好。

她緩緩地開始逐一檢查自己還活著的部分。

總之食指能夠活動，換句話說她至少可以回覆訊息。然而等到雅真的想要操控手機時，視線卻遭到流出的血液遮蔽，還可以明確感覺到眉毛附近沾滿鮮血。她原本想伸手擦拭，這才發現手臂無法舉到那個高度。左手臂的關節傳出一種獨特的灼熱感，潛伏般地無法動彈，只有指尖搶先似的不斷抖動。當雅還在努力掙扎時，手機螢幕的亮光已然消失。

她呼出一口氣，放棄想要回覆的念頭。

畢竟考量現狀，就算手指能動手臂也無法抬起。

不管怎麼樣，現在算是等同於「保住了一條命」的狀況。

這裡是某棟大樓的一角。人跡似乎已經遠去，只剩下寂寥覆蓋著耳朵。新城雅擅自把以前有過一絲因緣的這間事務所作為根據地，在此地抗戰了一番。尚未釐清抵抗到底有何意義的她實行了熟悉的「活下去」行動，結果就是現今這個光景……室內已經躺著三具屍體。

雅忍不住自我調侃，這可是她第一次在同一個晚上對付三個人。

外面或許迎來了早晨，偏藍色的室內出現色彩的變化。雅稍微抬起下巴，可以聽見下著

小雨的聲音。就像是要穿透緊閉的窗簾，黎明隱約造訪了這個空間。

然而就算迎來日光，室內的空氣還是愈來愈糟。

血液脫離雅的身體流往氣味的源頭，彷彿是要和同伴會合。

脖子附近的寒意讓雅忍不住發抖，連六月的悶熱都被她遺忘。

雅判斷是第三個人的一擊造成的影響。自從受到幾乎要把額頭狠狠刨去一塊的銳利攻擊後，她的意識就很渙散，連起身都成了一個大工程。雅找了張翻倒的沙發貼著椅背坐了下來，再也無法動彈。

就算腦子裡很清楚自己必須行動，散漫的意識還是無法聚焦。

睡意非常強烈。

雅有點懷念躺在大腿上的時光。

她昏昏沉沉的看著鮮血形成的水流在眼前隨著時間變得愈來愈寬，還聯想到河川氾濫成災的光景。另一邊的屍體已經失去血色。雖然在危急之際靠著瞬間的反擊成功解決了敵人，但是雅再也沒有辦法做出更多抵抗。

她自身也很清楚沒有下一次機會了。

雅產生一種錯覺，感到快要脫離的靈魂似乎正跟著呼吸往上飄。

她暫時閉上眼睛。不管過了多久，前方都只有一片黑暗。

「……還看不到死人嗎？」

流出來的鮮血很沉重，彷彿在眼瞼上形成了另一層蓋子。光是要再度睜開眼睛就必須耗費很大力氣。

濕答答的額頭傳來像是傷口互相摩擦的疼痛感，讓雅不快地歪了歪嘴，心想自己怎麼還活著。

在視線左右移動的過程中，其他景象接連不斷地冒了出來。大部分都是往事，有時候也夾雜著一些最近的記憶。

察覺這是什麼種現象的雅明白自己這下大概真的快要死了，而現象仍在持續。

根據雅的記憶，在自己意識萌芽之初，需要她的人只有哥哥。

一開始，她蹲在某個建築物的角落裡。那裡沒有屋頂，也沒有燈光。

旁邊有個同樣蹲著並陪伴在她身邊的人物，是個稚氣未脫的少年。

雅記得那個少年似乎自稱是她的哥哥。由於兩人的長相有點相似，感覺應該真的有血緣關係，不過看不出來彼此年紀相差多少。

至於他們為什麼會在這種地方，連哥哥也不明白。

即使躲在暗處，這對兄妹的頭髮依然顯眼。宛如金線的髮絲就算髒到黯淡，還是無法掩蓋特異的性質。大概是因為覺得很礙事，哥哥不耐地把掉到額頭前方的頭髮往上撥，同時觀察起大馬路上的情況。妹妹也跟著做出一樣的行動，能看到的東西卻只有偶爾經過的人影。

看著看著，妹妹想睡了。

哥哥瞄了妹妹一眼，輕輕呼出一口氣。

就像是準備面對棘手的問題，他稍稍瞇起眼睛。

接著堅定地凝視前方。

總之，試著活下去吧。

哥哥這樣說完之後，丟下妹妹混入了大馬路上的人群裡。猶豫著想要跟上的妹妹站了起來，卻因為腳底很痛而再度坐下。檢查自己的腳底之後，只見紅黑色的血液裡混著破損掀開的表皮。

妹妹在這時才發現自己打著赤腳。她不小心戳到傷口，痛得板起臉孔。

接著妹妹來回看了看天空和腳底，心不在焉地思考自己到底從哪裡來的。

沒有過了多久，哥哥回來了，手上還抱著數個裝有麵包的袋子。

袋子上面有一個黑色的錢包。

這是怎麼了？妹妹提出模糊的問題。

去弄來的。

哥哥語氣平淡地回答。他打開袋子，把裡面的食物遞給妹妹。

兄妹倆都還沒有名字。

第一次見面時，她以為那個人是年紀還不大的高中生。

只是因為剛好坐在旁邊就隨興搭了話，結果對方回以不可靠的笑容與發言。

面對那種甚至可以隱約察覺出愚鈍的少根筋態度，雅的內心湧上了類似嘲笑的情緒。

那種念頭只不過是遊戲的延伸。

一個怠惰、沒有武器、不帶惡意的脆弱生物。

儘管如此卻能被允許活著，這個事實讓雅產生了些許興趣。

所以，她想試著和岩谷香菜再次見面。

「從今天起妳就叫做雅，新城雅。」

哥哥回來以後，對著乖乖待在房間角落的妹妹如此告知。

雅……妹妹重複著自己獲得的名字。

「這個名字屬於一個已經消失的人物，隨便怎麼用應該都行吧。」

接下來，哥哥把大量的書籍放到雅的面前。

「妳要練習讀書寫字。因為沒辦法去上學，只能自我學習了。」

「學習……」

「就是要變聰明。」

雅拿起放在自己附近的日語教科書，隨便翻開一頁。

對她來說，內容怎麼看都是莫名其妙的天書。

「這是什麼？」

「我不會這些東西也能活下去，但是妳似乎沒那麼簡單。」

「為什麼？」

「因為妳不適合走殺手這行。明明是我的妹妹，真是遺憾。」

嘴上雖然這樣說，哥哥的臉上卻帶著笑容。雅沒辦法理解他的主張。

她只知道和平常一樣，這些為了活下去而獲得的物品其實是來自哪裡。

「這些也是哥哥去弄來的？」

「對。」

「沒關係嗎？」

「沒關係。」

哥哥對此深信不疑。

「光是能夠存在，就代表一切都是被允許的。所以反過來說，不再繼續存在等於是被什麼視為無法允許的對象。」

「所以哥哥殺掉的人們也是不被允許的對象嗎？」

「當然是。」

哥哥沒有任何猶豫，直接給予肯定的回答。雅繼續追問。

「被誰？」

「是我無法允許他們繼續存在。」

就像這樣，哥哥露出瀟灑的微笑。

哥哥也成為不被允許的對象，離開了這個世界。

如同藍天般守護自己的人物就此消失，自己遭到拋棄。

而後……

「是誰……」

無法允許我繼續存在呢？雅運作著被鮮血滲透的思緒。

由於有太多可能的對象，她認為無論正確答案是哪個都不會有錯。

靠道路的那一邊傳來車子經過的聲音，城鎮開始活動。在她反擊並解決第三個敵人之後，不知道已經過了多少時間。下一個敵人遲遲沒有出現，是不是已經結束了？心中不抱任何期待的雅繼續想像。

如果……就這樣再也沒有敵人出現。

首先，她想要洗掉身上的鮮血。接下來換套衣服，整理慘不忍睹的頭髮，靠化妝來掩飾悽慘的臉色，放棄傷勢，然後……

「希望她能溫暖我……」

雅想對那個人提出這種請求。

要是說出這句話，那個奇妙的女孩會做出什麼樣的行動呢？

雅想像著對方的反應。

這個願望很遙遠，宛如作著一場白日夢。

夢著夢著，破壞美夢的人物出現了。

「快開門！這裡是底特律警察！」

來了個很吵的傢伙。雅緩緩地移動頭部，瀏海已經因為乾掉的鮮血而黏成一束。豪邁的敲門聲會刺激到傷口，她忍不住張開帶有血腥味的嘴巴喃喃要求對方住手。

「什麼啊，原來根本沒上鎖。」

以一副掃興模樣開了門闖入室內的人物是一名戴著藍色三角帽子的男子。

只看了對方一眼，雅就露出放棄的微笑。

這個男子是名為木曾川的殺手。名聲響亮，也曾被人稱為「魔女」。

「喲，妳還活著吧？」

「勉強還活著。」

「不過妝容有點誇張呢。」

一臉賊笑的木曾川毫不客氣地縮短彼此距離，雅卻無法動彈。

「嗚哇，居然連右眼都狠狠挨了一刀……看得到嗎？」

「不，感覺這刀攻擊得很精準……不過沒想到人類的生命力如此頑強。」

雅輕輕笑著說明那條從額頭狠狠一刀往下延伸的傷勢，木曾川「哦」了一聲帶過這個話題。

「為了找妳可費了我一番工夫。」

「早知道會被找到，我應該回去大樓的住處。」

因為回去可以沖澡……雅抱怨起糾纏著自己的不快感。說的沒錯，木曾川板起臉孔。

「這裡看起來很多灰塵。」

「……結果偏偏是你嗎？居然會在這裡死在你手下，說不定這就是所謂的因果。」

「嗯？對喔……之前發生過類似的事情……」

木曾川搔著脖子，彷彿很懷念地慢慢看了室內一圈。明明目標就在眼前，他的態度卻如此鎮定沉著。雅瞇起眼睛像是想集中視線。雖然她屏息研究是不是要突然行動殺對方一個措手不及，結果卻完全找不到可行之處。況且基本上，她的兩隻手都失去了功能。

就算處於萬全狀態，雅也不是這個人的對手。眼前的人物就是那樣的存在。

事到如今，雅才回想起哥哥說她不適合走殺手這行的評語。

明明不適合卻已經殺了好幾個人，一定是因為這樣才成了不被允許的對象。

「同行減少真是讓人寂寞啊。」

「扯什麼謊。」

雅一邊連連喘氣，一邊盡全力反駁他的發言。

「應該說會非常安心，因為遭受狙擊的次數會減少。」

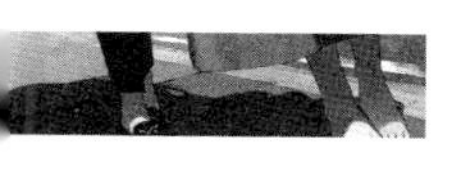

木曾川很乾脆地推翻了先前的感傷，接下來動了動手臂。對話似已結束。看到他的動作，雅認為一切終於要閉幕了。她有種事不關己的感覺，如同是在眺望畫面裡的景色。最後一幕居然是這樣嗎……雅感到有些遺憾。遺憾？她把注意力放到思緒上。

自己有什麼特別想看的事物嗎？

雅覺得好像快要回想起什麼。

這種似乎可以掌握卻又從手指中溜走的感覺讓她充滿焦躁。

要是能夠擁有多一點時間……

擁有多一點時間，那又怎麼樣呢？

「…………………………」

在混濁的答案漂白前，木曾川的手往前伸出。

眼前的光景讓依然半張著嘴的雅感到很是困惑。

木曾川的手上並沒有她以為會出現的凶器。

對方只是輕輕地把自身的手伸向雅。

「……這是什麼？」

「哪有什麼不什麼，只是我很體貼地想拉妳一把而已。」

妳不需要嗎？嗯？木曾川把手收回去又伸出來。雅呼了口氣並吐出一點鮮血。

「我累了，先殺了我再讓我站起來吧。」

「哦，妳居然講這種話？算了，我也是可以直接回去～」

「……回去？」

就是Go home，木曾川按著帽子做出要走回入口的行動，而且他的動作俐落到要是沒人阻止可能會真的直接走人的地步。

雅不由得提出內心疑問。

「你到底來做什麼？」

「來看看狀況。」

按照這個宣言，木曾川毫不客氣地觀察著雅……也可以說是在惡狠狠地瞪人。

「因為我來這裡的目的不是為了殺妳。如果是要殺人，我早就閉著嘴巴動手了。」

在執行本行的時候絕不開口說話。這是被木曾川奉為鐵則的規矩，他也很確定正是因為自己一直確實遵守才能長年生存。這種工作上的態度並不罕見，雅當然也可以理解。不過，木曾川為什麼要來「看看狀況」的疑問還是沒有獲得解答。

兩人之間的交情並不足以讓對方前來擔任救兵，甚至雅曾經被他砍傷手臂。

看到木曾川再度對著自己伸出手，雅只能老實招認。

「我的手抬不起來。」

「哎呀？那只能拉頭了。」

「感覺會被整個拔斷……」

木曾川比較一下雅的雙手，選擇了傷口比較少的左手。他用力握住雅的手腕往上提，一口氣把雅從地上拉了起來。粗魯的動作讓雅的傷口全都爆開，她感覺多次眼冒金星。

諷刺的是，這些疼痛反而讓雅的意識成功脫離泥沼。

木曾川放開手之後，雅雖然搖晃了一下，最後還是只靠著自己的雙腳站定。

等到她回神時，才發現呼吸已經比較平順，額頭的傷口也不再出血。

木曾川似乎很滿意地看著雅的樣子。

「還有力氣站著嗎？好，回去吧。」

「你……」

「有人拜託我來看看妳的狀況，其他事情一概不知。」

木曾川拋下這句話後，直接走向事務所的出口。離開之前他又慢慢地看了室內一圈，似乎是回想起什麼事情，晃著肩膀輕笑了幾聲。

雅跟在木曾川的後方。

她離開這個自己也沒想到能活著出來的事務所，理所當然地沿著走廊移動。

每當風吹過臉上的傷口，雅就感覺到一股彷彿被冰冷指尖撫過的寒意。

「你說有人拜託你……這是怎麼一回事？」

雅心裡完全沒有可能符合的答案，這世上已經沒有會想幫助她的人物。

「那是叫什麼……呃，對了。」

木曾川用手指頂在太陽穴上，努力找出記憶。

「岩谷香菜。」

聽到這個完全出乎意料的名字，雅差點停下腳步。

「是那女孩拜託我出手救妳……啊，拜託我來看看狀況才對。」

木曾川有點焦急地訂正說辭，但現在的雅沒有餘裕去注意那種細節。

「你說是香菜……」

一提到這個名字，雅幾乎要忘記傷口帶來的疼痛。

甚至覺得有一陣風吹過了阻塞的內心。

這個根本不該出現在這裡的名字就是擁有如此不同的質感。

「你之前就認識她？」

「不，完全不認識。只是呢，人跟人的緣分有很多種。舉例來說……」

「妳付得起酬勞嗎？」

「我會花一輩子來還！」

「我就是想聽到這句話。」

「像這樣的對話可能發生過也可能沒發生過。」

「結論就是沒發生過吧。」

「真讓人遺憾。」

這句話講得輕鬆卻似乎是木曾川的真心話，他看向下方表現出旁人也看得出的失望情緒。

對雅來說，她發現了比這件事更讓人在意的部分。

「我不認為香菜有那麼多錢。」

「沒錯，她的存款金額真是駭人。明明住在那種深山裡，她是把錢花哪裡去了？」

「她只是作品賣不掉所以很窮而已。」

「哦……算了，目前就是那樣吧。」

木曾川「嘿嘿嘿」地發出奇妙笑聲。

兩人在沿著走廊移動的途中發現了異樣的物體。

「地上好像躺著什麼。」

「我不知道那是怎樣。」

有個手腳都經過處理已經無法行動的男子翻著白眼躺在地上，嘴裡還吐出白沫。木曾川看也不看地直接從旁邊走了過去，跟在他後方的雅低下頭觀察了一番，判斷自己並不認識這個人。不過，她可以感覺出這人也具備同行的味道。

「那傢伙好像是來殺妳的，慎重一點的話就把他殺了。」

「你明明知道是怎樣……」

雅默默心想，就算這是在幫助自己，性格扭曲的木曾川想必也絕對不會承認。

比起這件事……雅繼續用質問展開追擊。

「你承接了委託嗎？」

「接了。」

「……明明香菜不可能付得起，但你還是接了？」

「既然沒辦法用金錢付清……妳懂吧？」

哼哼哼哼哼……木曾川發出低沉的笑聲。而且看到雅的反應後，他的笑意變得更濃，彷彿又疊上了另一種表情。

「什麼啊，原來妳也有動怒的時候。」

「我沒動怒。」

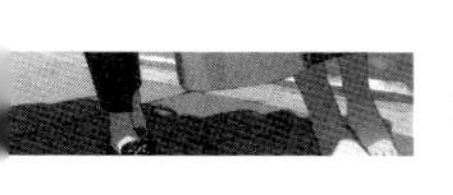

「在發火的傢伙每個都那樣說。」

囉唆什麼……雅就像個小孩，直接表現出內心的火氣。

「我希望那女孩……可以不要牽扯上那些事情。」

「哎呀，這種話聽起來很像特別難搞的粉絲。」

雅也忍不住覺得這個比喻或許相當精準巧妙。

「由我代替她償還。你要什麼都行，要多少錢我也都願意付。」

「哦……」

木曾川以很感興趣的態度看著雅並確認她的表情，接著刁難似的撇了撇嘴。

「不過我不要，因為妳這人很難對付。而且或許……一定要那女孩才行。」

「……蘿莉控？」

「那是另一個人。」

兩人一起走進電梯。到此為止，除了那個躺在地上的傢伙，他們沒有遇到其他人。

木曾川操作了電梯按鈕之後，雅自言自語般地喃喃說道：

「話說回來，居然是香菜找人救我……真是難以置信。」

「為什麼？」

「因為我不認為她是會為了其他人事物而行動的類型。」

岩谷香菜的情感稀薄，對其他人似乎都不太關心。

雙方之間也沒有健全的關係。

雅實在找不出合理的原因。

看到雅的樣子，木曾川稍微擺起架子並開始發表高見。

「嗯……反正就是那樣吧？那叫什麼？總之重視其他人的行動其實和自己的生存有著確實的關聯，因此換句話說……」

「……你到底想講什麼？」

「幸好妳還有朋友。」

聽到放棄擺架子的木曾川講出這種極為理所當然的結論，雅不由得一時語塞。

對於無法正確表現出目前感受的自己，她感到滿心的焦躁。

在拖著半死半活的身子平安走出這棟住商混合大樓前，雅突然開口說道：

「這是我想提出的委託。希望你幫忙排除我遭遇到的危機，報酬方面要我把所有財產都讓給你也行。」

「哎呀～～」

木曾川帶著輕浮笑容回過身來。

比起剛剛提到的報酬，他似乎更在意雅的發言和表情。

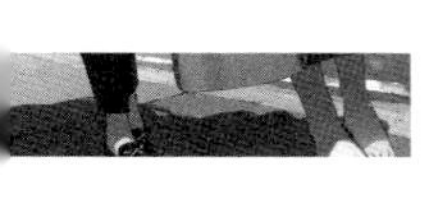

儘管全身是血，雅剩下來的左眼卻綻放出光芒。

「我突然覺得……無論如何都想活下去。」

「你有過感覺到自己確實『活著』的經驗嗎？」

坐在副駕駛座的雅看膩了沿路的山間風景，於是她開口發問。

「啊～～有啊，例如吃咖哩的時候。」

「是嗎，記得吃飽一點。」

或許是認定駕駛座的木曾川根本是在胡亂回答，雅的反應也很隨便。也有可能她打從一開始就不期待能聽到什麼正經答案。窗外的景色愈來愈近似原始林地，讓雅雖然隔著窗戶仍舊產生泥土味道似乎愈來愈濃的錯覺。她瞇起眼睛，有時候幾乎闔上眼皮。

「我很喜歡咖哩。所以也就是說，品嚐喜歡的東西時，大概就是最能感覺到自己確實『活著』的時候。」

「原來如此……聽起來好像頗有道理的。」

聽出雅的聲音中夾雜著睡意，木曾川看了她一眼。

「既然想睡，明天再來不就得了？」

「不……因為我想今天……不，立刻就見到她。」

「喔，是喔。」

堅持戴著帽子開車的木曾川點了點頭，讓帽緣上下跟著晃動了一陣。

「妳現在給人的印象和之前相差很多。」

「……是嗎？」

「不過妳受了這麼重的傷，其實也是理所當然嗎？」

木曾川發出只有聲音聽起來很豪爽的嘎哈哈笑聲，表情卻沒有起伏變化。

脫離當下危機的這一天，雅直接和木曾川一起前往山頂。沒有去醫院處理傷勢的她只進行了隨便的治療，現在安分地待在副駕駛座上。疼痛仍在持續，每次呼吸都讓雅感到身體之間的連結隨時有可能鬆脫，全身似乎會四分五裂。

「我倒覺得你都沒變。」

「是嗎？」

「沒有其他衣服嗎？」

「原來是這意思。別管我，妳哥不也幾乎都是藍色的嗎？」

「噢，說的也對……」

雅的聲音有點含糊。木曾川透過車內後視鏡看了看她，只見雅半闔著眼正在發呆。

「要不要我講個會讓妳清醒的事情？」

「請便。」

「我啊，沒有駕照。」

「是嗎，技術不錯。」

「……人都快死了，果然不會因為這種事情大驚小怪嗎？」

真沒意思……木曾川喃喃抱怨。

「因為我哥也是一樣，或者該說這個業界裡乖乖遵守規矩取得駕照的人反而少吧？」

「沒錯。」

木曾川露出爽朗的笑容，像是回想起其他人的狀況。

雖然無照駕駛，兩人還是沒有迷路，順利地到達山頂。木曾川停車後的第一個動作是在狹窄車內轉動肩膀，說不定他其實相當緊張。雅脫掉鞋子，用腳趾勾住車門把手，用踹的把門踢開。因為她兩條手臂都無法動彈。

從副駕駛座下車的雅本來想伸個懶腰，卻立刻回想起自己的狀態並乾脆放棄。她望向飄著雲朵的天空，感覺濕氣如同雲朵一般覆蓋住自己的身體。

也因為這樣，雅呆站在原地好一陣子，等待血液流往雙腳。

走遠之前，她看了一下駕駛座。

「抱歉連接送都要麻煩你。」

「別在意，這也包含在費用之內。」

木曾川爽朗地笑了，還拍著方向盤說明其實車子是借來的。

「我要做什麼好……散步嗎……不，我怕有蛇，還是睡覺吧。」

他把駕駛座往後放倒，人也躺了下來。

「真讓人意外，你怕蛇？」

「因為很難看出來要刺中哪裡才能立刻殺死牠。」

原來如此……雅喃喃回應。就這樣，她自己一個人走向乍看之下宛如廢墟的工坊。

雙腳就像是受到聲音的吸引。

「師父，外面好像有車子的聲音。」

「是嗎？」

「沒錯沒錯。」

「……妳去看看。」

在確認工坊的狀況之前，雅已經聽到屋內傳來的聲音。

這段對話讓她自然地露出笑容，伴隨著臉頰與嘴唇的疼痛。

按照師父的吩咐，拖著腳步慢吞吞走了出來的香菜和雅四目相對。

「啊……」

香菜圓圓的雙眼現在變得更大更圓。「嗨。」雅想要舉起手打個招呼，劇痛卻阻止了她。香菜上下揮動雙手，簡直像是正在抓狂的鱷魚。

「喔？喔喔喔喔？哦哦哦～～？」

雅靜靜等待香菜做完這種莫名緩慢的驚訝反應。如同拍翅的動作逐漸減緩停下，這時香菜才重新抬頭觀察雅的情況。她看看雅的傷勢，看看雅的瀏海，看看雅的眼睛，表情染上各式各樣的情緒，不斷揮灑出細微的變化。

一下子神色苦澀，一下子放鬆表情，也曾換上僵硬的笑容。

雅只是回看著香菜，彷彿是想汲取這些表情的變化，還有浮現於表面上的反應。

「喔喔喔……那個……新城小姐。」

「妳不直接叫我的名字嗎？」

「那個……因為我怎麼樣都覺得妳比較像大人……」

哎呀哈哈哈，香菜又發出空虛的笑聲。接著她稍微墊高腳尖。

即使墊高腳尖也沒能消除彼此的差距，還因為雙腳一直顫抖而欠缺安定感。

「看吧。」

「妳就是要這樣最好。」

「是嗎……」

香菜很乾脆地接受這個意見並放下腳跟。配合動作往下移的視線正好看到雅的雙手，眼前的慘狀讓她忍不住繃起了臉。

「看起來……好像不算平安。」

「正如妳所見，還有一半活著。」

用繃帶吊掛著的右手，同樣到處都蓋著紗布的臉孔，傷痕遍布的脖子，再加上腫起來的嘴角。一頭長髮似乎遭人亂拔亂剪，顯得七零八落又參差不齊。

只有身上的衣服換了一套，只是雙手無法順利動作導致她有些儀容不整。

「妳覺得我看起來像幽靈嗎？」

「雙腳還在呢。」

香菜低頭進行確認。

「真要說的話，應該比較像木乃伊？」

「嗯，也對。」

雅抬眼看向自己臉上從額頭草草包紮到眼睛附近的繃帶，視線內有一半被白色占據。

工坊裡的微弱燈光透過紗布照進眼裡，宛如被白雲籠罩。

她對移動視線後注意到的對象說了句「早安」，香菜的師父沉默幾秒後稍微點了點頭，

反應只有這樣。至於趴在角落裡的狗對雅則是連瞧都不瞧一眼。

「呃……那個……請問有何貴幹？不，我不是想用這種方式說話，就是……」

「我當然是來見妳的。」

雅提出單純的答案，完全沒有理會香菜的口拙。香菜「哎呀」一聲看向她乾裂的嘴唇，兩頰微微泛紅。對於這種反應，雅滿足地瞇起眼睛。

「要是雙手能動，現在應該是為了慶祝平安再會而帶著感動抱住妳的場面，但是我卻什麼都沒辦法做。」

「哎呀哎呀……那個，不住院治療真的好嗎？」

不太好，雅帶著笑容如此回答。

「額頭的傷口看起來很嚴重。」

「我已經很努力閃躲了，一輩子的傷痕是竭盡全力的成果。」

「啊哇哇……」

「比起那些事……」雅繼續說道：「我更想立刻來找妳道謝。」

「啊，不不不，我什麼都……」

「妳做了。」

多虧了妳，自己才能被允許繼續活下去。

在不太可能出現短暫放晴的天候下，雅凝視著某個耀眼的存在。

「如果可以的話，我想代替妳支付委託的費用。」

由於向木曾川提案後並沒有獲得對方同意，雅試著找香菜這邊商量。然而……

「是喔……」

香菜這種欠缺幹勁的回答讓雅感到非常懷念又很自在，她輕輕笑了起來。

「要那樣做好像有點困難……」

香菜的視線到處亂飄，這種和木曾川的回應有點類似的說辭讓雅不由得歪著腦袋表示疑惑。這時香菜突然「啊」了一聲轉過身子，接著碎步跑回了作業台前。

「那個，有一個必須早點完成的作業正好進行到一半。」

香菜帶著歉疚如此說明。聽到這句話，反而是雅感到非常過意不去。

「抱歉是我打擾妳了。」

「不不，只是因為我受到威脅，要是不趕快做好就會要我製作更多東西。」

「……受到威脅？」

「那個人說想委託他的話就做個筷架，然後……好像可以取代委託費用。」

「……………………」

雅花了幾秒鐘才終於理解這些話的內容。

木曾川……她咬著牙唸出這名字。

「我正在製作跟安東尼一樣的筷架。」

「……那是誰？」

突然登場的名字讓雅滿心困惑。香菜拿起手機，嗶嗶按鍵操作後找出一張圖片。

那是一隻擁有黃色身體和黑色斑點的河豚，配色看起來相當熱鬧。

「這就是安東尼，好像跟他住在一起。」

「噢……」

「而且要是成品還不錯，他希望我也可以製作愛德華和卡特的筷架。」

「……也是河豚？」

「是河豚。」

雅回頭看向工坊的入口。受限於角度沒辦法看到外面的車輛，但是她對駕駛座上的傢伙很有意見。

「原來如此。」

確實，這是自己沒辦法處理的事情。一想到對方故意講得別有深意，雅的表情幾乎要猙獰起來。然而如果她回過頭去抱怨，獲得的回應肯定是充滿挖苦的大笑聲。

因為雅不願意看到對方得意洋洋的模樣，她決定回去時要裝作什麼都不知道。

「……只有那樣嗎？」

「嗯，只有那樣……啊。」

香菜一邊繼續製作，同時開始滔滔不絕地敘述她回想起的過程。

「那個，我拜託那個人的時候發生了這些事……」

「你好你好，我叫做岩谷香菜。」

「嗯，我好像在哪裡見過妳。」

「是喔……」

「不過人與人的緣分還真是難以預料，妳應該跟我這種人毫無關聯才對。」

「啊……關於這件事，一開始是透過凱碧……啊，凱碧是我的朋友。」

「嗯，是嗎？」

「凱碧她……啊，凱碧只是我朋友的綽號不是她的本名……就是我找了凱碧說明了這些和那些事情以後，被她狠狠罵了一頓……」

「……妳說話技巧很差呢。」

「咦？啊……經常有人這樣說，可能是因為欠缺社交經驗的缺點照實反映了出來……」

「簡而言之，妳透過那個叫凱碧的女孩聯絡上太郎，那傢伙不想管這件事所以又塞給我，就是這樣吧？」

「這樣這樣。」

「不，雖然我搞懂事情始末了，但妳知道我是做哪一行的嗎？」

「呃……」

「或者該說，妳知道委託我代表什麼意義嗎？」

「啊……那個……大概知道？」

「我是殺手。」

「……是那樣嗎？」

「那樣那樣。」

雖然回應很輕浮，男子點著頭的態度卻極為正經嚴肅。

「換句話說，要是委託我處理某件事，所採取的手段也會跟著血腥起來。有必要時我會殺人，甚至殺人比較迅速省事時，我也會選擇殺人。這就是妳委託我去做的事，懂嗎？意思是到頭來，連妳本身也會跟殺人犯沒什麼不同。」

和香菜面對面的男子……木曾川以隨和的態度說明他的職業。香菜並沒有表現出動搖反應，只是整個人僵住不動。待在工坊深處繼續作業的師父聽到兩人的對話中提及了「殺手」

一詞，於是往這邊看了一眼。站在入口的木曾川很敏感地察覺她的視線，對著師父揮了揮手。師父沒有開口也沒有理會對方。

她再次投入作業，心想這傢伙跟以前的徒弟擁有相似的氛圍。

雖然髮型和長相完全不同，兩人卻都具備了某種近似頹廢感的氣質。

還有，對笑容形成的假面具會心生警戒的反應也都一樣。

「我看妳大概連打人都不曾打過吧？真的要委託我嗎？」

「嗯……唔唔唔唔……嗯……」

香菜一臉苦澀，嘴唇和雙眼都不斷顫抖。在這段期間中，許多習慣的動作逐漸浮現。

毫無意義地傻笑、搞笑耍寶、發呆、裝作什麼都沒看到。

香菜的「常態」不斷浮現。

然而香菜卻靜靜地站立著，彷彿是在逆風對抗，也像是不願隨波逐流。

她讓指甲刺入掌心以握緊拳頭，不太明確地點了點頭。

「那麼……就拜託你了。」

「我說妳啊……」

「因為該怎麼說……我覺得自己至今為止都一直逃避這種事情。」

「……這種事情？」

香菜的汗水像是從沉澱的混濁思緒中外溢而出。她雖然轉開視線，還是繼續說明自己的想法。

「例如自己做出某個決定，結果卻影響到其他人之類的事情……怎麼講呢，就是我做的決定會導致哪個人陷入不幸，或是狀況變差，可是我卻更加幸福……這好像叫做連鎖效應？總之就是這一類的事情。其實我也很清楚自己基於各種形式和許多人都互有關聯，但是過去我都當作不知道……對我來說，那樣做是有意義的。只要活著，想和世上一切都互不相關也不受影響是不可能的……雖然自己一直都擺出那樣的態度，可是繼續下去的話……感覺小雅好像有可能真的會消失。所以這次再也不能笑著裝作和自己毫無關係……或者該說，我有種不能接受的感覺。怎麼說？就是不能接受那個人消失。看起來自己內心深處還是有那種會讓人不舒服的東西……是要失去小雅雅呢？還是要讓其他人消失？思考這個問題之後，大概還是會得出一樣的結論……就算會造成其他人的不幸也無所謂。我已經有了自覺，知道這次必須做出決定才行。不，不做決定應該也沒關係，但是不做決定就會失去，所以……」

絮絮叨叨地講了一大堆很難找出重點的發言後，香菜才猛然回神並看向木曾川。

保持輕浮笑容的木曾川沒有說話，似乎在等待香菜再說下去。

香菜抬頭看著對方，吐露出剩下的想法。

「呃……抱歉，我真的不會說話……不過，自己正在努力，也真的有動腦思考。思考

過後，我做出了決定……還是想請你幫忙。因為她沒有回覆我，所以我想麻煩你去看一下狀況……如果她沒事的話那是最好。可以拜託你嗎？」

香菜低下頭鞠了個躬。配合她的動作，嬌小腦袋上隨便綁起的馬尾也上下甩來甩去。

這個姿勢還導致她頭上的「實習中」名牌變得特別顯眼，木曾川看到名牌之後，捏著帽緣晃了幾下。

「原來如此啊。」

「是喔……」

「哎呀沒什麼，我有點欣賞妳剛剛說的那些話。我明白了，去看看狀況就可以了吧？」

「啊……」

爽快承諾之後，木曾川先喃喃重複幾次「看狀況……」才歪著頭研究要上哪裡去找人。

「首先要找到地點，發現本人，再看看狀況……之後就臨機應變。」

他把手指一根根彎起並清點該做的事情，最後一口氣彎下所有手指並握起拳頭。

「謝謝你。」

香菜再度深深一鞠躬。

「不不不。」木曾川揮了揮手。「是說妳手上有多少存款？我收取的費用可不便宜。」

「咦……大概是這個數字。」

香菜支支吾吾地低聲回答後，木曾川的感想從「呃……」開始。

「這年頭就連比較腳踏實地的國中生是不是也能存下多一點錢？」

「哇哈哈哈哈。」

「妳這樣日子還過得下去？」他甚至反過來擔心香菜。

木曾川低頭看向香菜的臉孔，香菜整個人突然靜止不動。

「有夠嬌小。」木曾川低聲如此簡短評論後，他的視線亂飄了一下。「費用啊……話說起來，妳好像是個陶藝家？」

「嗯……」

「有沒有什麼作品？拿來讓我瞧瞧。」

去吧去吧，木曾川伸出手催促香菜展開行動，香菜卻在他旁邊晃來晃去。

「快點去！」

「嗚啊！」

香菜慢吞吞地開始移動。明明身材嬌小，不知為何動作卻如此笨拙。

她在工坊裡繞了一圈之後，總算才想到其實只有一個作品符合條件，於是改變前進的方向。木曾川忍不住拿下帽子搔著臉頰，師父出聲抱怨香菜過於礙眼，狗則是保持沉默。

不久之後，香菜非常慎重地捧著一個陶碗回來。

「這是我打算送給小雅雅……送給新城小姐的作品。」

因為我沒有其他能辦得到的事情，香菜如此說道。她並沒有朝向後方也沒有低頭往下，而是正面如此主張。

木曾川接過這個陶碗，非常仔細地觀察起來。

「哦……送那傢伙？是說，我還不知道她有這樣的朋友。」

雖說實在看不出來是一個創作者……木曾川並沒有把這句追加的感想直接說出口。

「真是個雅緻的碗。」

「……你只是想說說看這句話而已吧？」

「那是當然。」

木曾川繼續觀察了好一陣子，他看看碗底，摸著表面似乎是想確認觸感。

「哦……」

「……哦哦？」

不知道該如何反應的香菜決定先模仿對方再說，而且還毫無意義地左右搖晃身子。

對方完全沒有理會這樣的香菜，只是繼續鑑賞陶碗。

「受到成長環境的影響，其實我有很多機會接觸這類東西。」

「是喔……」

香菜原本想反問木曾川家是不是賣碗盤的店家，又察覺這種聯想過於隨便而收了回去。

「妳很喜歡『是喔』呢。」

「是……哈哈哈！」

香菜又毫無笑容地發出笑聲。

師父沒有處理流下的汗水，而是無言地觀察兩人的狀況。

她的視線放在木曾川手裡的那個陶碗上。

木曾川先把陶碗放下，接著才開口說道：

「好，我決定了。我想要妳幫我做個東西，那就算是費用。」

「是喔……」

「總之就是發生了這樣的事情。」

香菜比出V字手勢。沒想到師父對她徹底無視，連瞧也不瞧一眼。

思考了一會兒後，香菜把沒獲得回應的V字手勢轉向雅這邊。雅的表情沒有任何變化。

「那個人說，或許哪天會產生比一般委託費用更高的價值。」

講到這裡，香菜用力歪了歪腦袋。

「我問他說那是什麼意思，結果對方一副傻眼的樣子。」

「……應該是覺得身為陶藝家的妳很值得期待吧？」

雅的語氣與其說是平靜，反而平坦得像是正在緊抓著什麼。也像是蹲了下來，正在拚命抵抗著某種晃動。

「是喔……」

「對不起。」

這時，她突然說出沒有任何修飾的道歉。香菜一時似乎無法理解，只是睜大了雙眼。

「是我讓妳……擔負了沒有必要的事物。」

原本是如此的空無一物。因為稀少，所以引人動心。

發現這些正在逐漸消逝，讓雅產生了一種近似焦躁的喪失感。

明明如此，她對眼前的存在也沒有因此失去興趣。

未知的感覺包圍了雅的內心。

為了自己而失去什麼的存在。

做出這種決定的存在。

對於人與人之間的關聯，沒有人能夠置身事外。

雅對這些都一無所知。

香菜總算慢慢理解剛剛那句話的意思，換上曖昧不清的笑容。

「雖然是那樣沒錯……」

宛如在欣賞空中的雲朵，香菜以像是在眺望遠方的眼神看著雅。

她的發言毫無阻礙地傳達給對方。

「可是，我還是希望妳活著。這大概是我第一次有這種想法。」

這是雅初次感覺到內心湧上了滋潤。

沉浸在水中的內心輕易破損，長年累積在內部的情緒都滿溢而出。

雅曲膝跪倒在地，因為無法用手支撐而直接把額頭靠在地面上，開始大聲哭泣。

一個不懂得如何哭泣的成年人正竭盡全力地哭得一塌糊塗。

幾乎讓人覺得花上一輩子恐怕也無法哭出的大量淚水不斷落下。

「那……那個……」

「妳弄哭人家了。」

似乎感到很麻煩的師父先開口如此煽風點火，再決定袖手旁觀。

「那個！啊……嗚嗚嗚……」

自己能面對的極限一口氣遭到突破，香菜根本不知所措。

雅在沒有任何人責備她的情形下，狠狠地大哭了一場。

香菜在完全無計可施的狀態下，一直陪伴在雅的身邊。

一段時間之後。

「我沒事了。」

自己起身的雅並沒有擦去眼淚。

彷彿已經成功到達了新的藍天之下。

「現在，我真的充分感覺到自己確實『活著』。」

原本薄情的笑容終於被賦予了深度。

「我想立刻用用看那個碗。」

淚水告一段落之後，雅看著香菜製作的陶碗如此要求。

「啊，那我去盛飯……可以嗎，師父？」

「隨便妳……」

打心底感到不耐煩的師父給出許可。香菜小心地捧起陶碗，咭噔咯噔地走出工坊，雅則

是帶著微笑目送她的背影遠去。師父原本考慮出借一張椅子給她坐下，但是看了一眼對方靜靜等待香菜回來的模樣，還是決定放棄這種念頭繼續作業。

不久之後，香菜回到工坊。

「早上把白飯吃掉了，所以我裝了吐司。」

師父很傻眼地瞇起眼睛，雅忍俊不禁地彷彿把疼痛都拋到了腦後。

「來，請用。」

看到香菜遞給自己的陶碗，雅只能以苦笑回應。

「其實我左手的骨頭也有一半都成了碎片。」

「嗚啊啊～～」

連手指都不曾骨折過的香菜發出慘叫。

「呃，那這樣……」

香菜撕下吐司的邊緣，送到雅的嘴邊。雅很配合地直接吃下。

「好吃嗎？」

「嗯。」

腫起來的嘴角其實很難進食，也吃不出來到底是什麼味道。

即使如此，雅還是開心地點了點頭。

「來來再吃一口吧。」

香菜再度把特地撕下來放在碗裡的吐司遞給雅。

「好吃嗎？」

「嗯嗯。」

跟麵包本身的味道無關吧？師父嘀咕了一句。

雅目不轉睛地觀察香菜撕開吐司的動作。

香菜注意到她的視線，只以眼神回問。

「沒什麼……」

雅突然移動半步。

「我只是想到就算手不能動，還是可以做這種事。」

「嗯？」

雅彎下腰，與香菜以唇相接。香菜先羞紅了臉，接下來才明白雅對自己做了什麼。雅對著香菜的變化與手中的陶碗露出微笑。

「啊……」

有些張皇失措的香菜老實地發表了感想。

「有……有吐司的味道。」

「我想也是。」

幸好沒有血腥味。雅打心底感到安心、滿足，還有充滿內心的燦爛光輝。

至於香菜那邊雖然顯得很難為情，但是對於直接感受到雅的行為，還是在慢了一拍之後全面接納並破顏一笑。

雙方的笑容原本都淺淺的，卻在相加之後形成了一股龐大的情感。

「嘻嘻嘻。」

「呵呵呵呵。」

從頭看到尾之後，師父只認為這兩人怎麼不去外面演這齣。

「對吧？」

她很難得地找上趴在旁邊的狗，試圖尋求牠的同意。

看來狗根本沒把這些事情聽進耳裡，只自顧自地打了一個大大的呵欠。

「在光輝燦爛的風中」

遠方有一隻飛鳥。

我望著天空動腦思考，真正身處遠方的到底是鳥？或者其實是我呢？

站在原地一陣子之後，我聽見了風的聲音。從未停歇的風聲呼嘯而過，推動我的肩膀。

有時候幾乎連身體也會被吹翻。

那是吹著強風的日子。

「妳在看什麼？」

「看鳥。」

聽到我的回答，她來到身旁看著天空瞇起眼睛。迎風飛起的頭髮交織出纖細的美麗舞蹈。

「在哪裡？」

「在那一帶飛行。」

我指出還算具體的位置，她也配合地觀察起同一個方向。

因為陽光太刺眼而轉開視線後，對方給出委婉的否定意見。

「沒找到呢。」

「是嗎……」

看樣子果然還是只有我能看到，但是我並不驚訝。

因為長久以來經常發生這種現象，這次也只不過是其中之一。

或許是角度問題，白色的鳥揮動翅膀時，有時候看起來會藍得像是吸收了天空的顏色。

在天空和羽翼融為一體的那瞬間，我總覺得可以窺見另一個景色。

……不過看在旁人眼裡，大概成了個危險人物吧？

自己偷偷瞄了旁邊一眼，和我視線相對的她露出為難的笑容。

「妳果然是個怪人。」

每當她這樣微笑著諒解我的時候，我都會感到「太好了，自己還可以待在這裡」。

只有自己看得見的鳥兒此刻仍在遠方飛翔。

彷彿要乘風而行，我在藍天之下打著赤腳往前邁步。

「據說人類其實沒有『現在』。」

「哦？」

「例如從太陽那邊接收到的陽光是八分鐘前的光線，月亮的光輝其實也過了一點三秒。

無論是眼睛看到的東西還是耳朵聽到的東西，所有一切只不過都是感應到過去而已。」

「嗯嗯。」

「所以啊，實際上並沒有能和自己存在於同一時間的事物。」

或許，那就是人之所以擁有「寂寞」這種感情的理由。

「距離真是讓人傷感。」

雙方都伸出了手，彼此的指尖交疊。她的中指的觸感讓我聯想到至今為止的種種往事。

「……那麼像這種感覺，如何又如何呢？」

我正在試著對應名為「情緒化議題」的無理難題。

「大概算是相當不錯。」

「太棒了。」

承蒙誇獎，讓我感覺到自己放鬆表情露出笑容。現今是獲得稱讚會坦然感到開心的時期。

尤其是來自她的稱讚。

她是屬於我的她。這不是哲學上的探討，意思是她是我的女朋友，我也是屬於她的她。

感覺很像繞口令。

暑假期間，兩個人一起稍微睡過了頭。到了中午，陽光從全面開放的藍天中照入室內。

能夠待在涼快的房間裡眺望這個景象，是不是只有我會為了這種事情感到不明確的幸福？

特別是當女朋友也陪伴在身邊時那就更加完美。

從彼此相識到我跑來她的大樓住處寄居，中間到底經歷了多少時間呢？雖說是賴著不走，但自己也一起支付租金，所以並不是吃軟飯。話雖如此，實際上是她的收入較高，因此如果要問雙方是否公平分擔了生活費，我只能轉開視線苦笑以對。

「不好意思，我實在沒什麼出息。」

「不要緊，而且妳偶爾還會做個三明治之類的。」

「呵呵呵。」

總覺得她給予讚美的標準非常低，而且現在還以像是順便的態度摸了摸我的頭。

「妳的頭髮總是這麼柔順，摸起來很舒服。」

她用手指梳過我的髮絲，就如同在疼愛小孩子一般。接下來突然開始用力弄亂我的頭髮，這邊摸一摸，那邊攪一攪。「我的頭髮爆炸了……」整個東翹西翹的頭髮掉下來擋住視線。伸手分開頭髮形成的障礙後，只見她的笑容正在迎接我。

眼前的她留著偏短的髮型，有一雙貓科動物般好勝的雙眼，讓人不覺得她和自己同齡的印象或許正是來自這些特質。今天才剛起床所以沒有化妝，但是這樣也別有一種魅力。

「像這種走在麥田裡的感覺……」

「妳在說什麼？」

「其實以前我的頭髮更長，而且還綁了起來。」

哎呀，我也記得，就是那個馬尾髮型嘛哈哈哈……我熱烈地附和這個往事，她卻整個人僵住不動。我心裡先是感到不解，之後才「啊」了一聲想通原因。

「我以前跟妳說過？」

「或許……有說過也不一定。」

我想應該是沒說過。不過自己知道這件事，而且也親眼看過。

因為我從很久以前就單方面地觀察過她，也一直努力追趕著她。

但是，我不是跟蹤狂。

實際上是一種有點複雜的關係。

「總之妳說的沒錯。」

她似乎並不是很在意這個插曲。這種粗枝大葉的個性有著共通的部分，可能也在彼此建構關係時發揮了恰當的功用。

我們改變姿勢坐了下來，互相依偎著對方。這次沒有直接坐在沙發上，而是把沙發當成靠背，讓雙腳在地板上往前伸直。雙方的手自然相握，手指上也傳來熟悉的觸感。

在沒有打開電視的空間裡，兩人的呼吸往前後移動並相互交錯。

「中午以後要去哪裡嗎？」

「嗯，也對……必須去採買才行。」

就算午餐可以靠著氣勢和糖果打發過去，不吃晚餐卻很難熬。

「還有……」

我一邊思考，一邊把視線移向窗外。總覺得看到某個會動的物體，不由得受到吸引。

在景色的前方，可以發現有一隻避開雲朵飛翔的鳥。

「飛得真高……」

我用視線追蹤那隻默默展翅彷彿要飛往廣闊雲海另一端的白色鳥影。

凝神觀察後，我注意到展開的翅膀似乎呈現灰黑色……那是類似黑尾鷗的鳥類嗎？

「什麼東西飛得真高？」

發問之後，她才自己「噢」了一聲並換上曖昧不清的微笑。

「平常那隻鳥？」

「嗯。」

她似乎看不到那隻鳥。我曾經不著痕跡地委婉發問，結果其他人好像也一樣看不到。

看樣子只有我能夠捕捉到那對羽翼。

「啊，我自己也覺得差不多該去醫院一趟了！妳放心！」

我大力主張自己是個正常人，結果反而顯得更加可疑。

「沒問題沒問題。」她笑著安撫我。「妳在我們剛認識時就怪怪的了。」

「什麼嘛是那樣嗎！」

看來自己從彼此相識的那一天起就是個可疑人物，而且從未改變。畢竟我是那種在車站前面打著赤腳還氣喘吁吁地抓住她肩膀的傢伙。以那種事作為基準的話，現在的我可能算是變得相當正常，太棒了。

「所以可疑的變態在不知不覺之間成了認真的戀愛呢。」

「咦？是嗎……嗯？」

她似乎完全無法理解，眼神和下巴都微微晃動著。

「就是那個，因為變態的變和戀愛的戀字形有點類似所以我講了一個很膚淺的冷笑話……嗯。」

到頭來只能自己解釋的我忍不住用手遮住臉孔。

我透過手指縫隙窺探對方的反應，只見她正舉起手指在空中寫字。

「真是一點都沒變。」

「是……是那樣嗎？」

雖然我聽不太懂她在說什麼，還是在羞恥心的強制驅使之下連連鞠躬哈腰。

「妳的變態和戀愛還是一直並存喔。」

「咦……嗯，對啊對啊！」

我很識相地用力點頭之後，這次換成對方掩住了臉孔。自己正在近距離觀察這個反應，她卻把我的臉推開。

「剛剛那樣比我還情緒化呢。」

「禁止講那種話。」

「是。」

由於遭到禁止，我抱膝坐了下來等她復活。在這段期間，覺得女友真是超級可愛的自己充分享受著沒有任何粉飾的戀愛感情。對我來說，這就是品味時間的最佳方式。

我正在輕輕搖晃著腦袋，她已經意外快速地復活。

接著，她朝向正面，拍了拍立起的膝蓋像是要擁我入懷。

「沒辦法存在於同一時間中嗎……」

她配合了我的情緒化議題。

「或許是因為我和妳的時間有著偏差，所以我才看不見那隻鳥。」

「有可能。」

「所以，我們要把修正這個偏差作為今後的課題。」

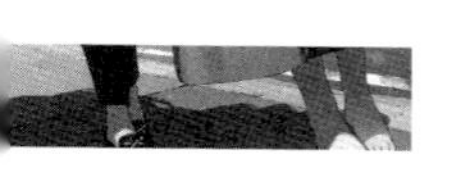

「我沒有異議。」

我第一個反應是表示贊同，而後才再度看向那隻鳥。

最近，牠一直待在我的天空裡。

只有我自己能看見的鳥。究竟來自何處，又將飛往何方……這些疑問讓我有些好奇。

其實眼前的這個女朋友，以前也只有我能看見。

自己繼承家裡的茶屋開始苟且過活後，這樣的日子轉眼間已經將近二十年。回顧起來明明也沒什麼大事必須處理，時間卻流逝得如此迅速。我看向每天生活中都會照的鏡子，不知何時卻開始映出四十好幾的自己。無法在日常中察覺這種變化的狀況持續下去，最後只有結果被突然攤在自己面前。

說不定下一次眨眼時，會看到自己成了一個老太婆。

才剛豁出去認定如此過完一生其實也不是壞事，卻有個規格外的刺激突然到來。那是一個青春洋溢，如同頑強植物般冒出來的存在。

也就是我的姪女。

哥哥的女兒，一個高中女生……目前正跪坐在我面前喝茶的女孩。

姪女還有一個身分是女朋友，我的女朋友。再次認知到這一點，會讓人有種不道德的感覺。

畢竟她有一半的血緣繼承自哥哥，擁有遠比陌生人更接近自己的血統。對於我喜歡上她，而她也喜歡上我的事實，自己總忍不住感到身體裡的血液變得沉滯混濁。在這種感覺平靜下來時，會留下不可思議的餘韻。

或許自己喜歡的就是那股餘韻。

我一邊喝茶，一邊思考著這些事情。

姪女在暑假開始後頻繁地前來找我，不知道她的父母有何感想。

說不定他們逐漸察覺有點可疑……不，什麼叫可疑。

哥哥他會聯想到那方面嗎？

「現在是什麼感覺？」

我沒有機會見到哥哥和嫂嫂，也提不起勁去見他們，更覺得有點害怕知道他們的反應，所以試著透過姪女了解狀況。她正在切開配茶用的生菓子，聽到這句話後睜大了雙眼。

（註：生菓子是日本傳統點心的一種分類，含水量在30％以上。）

「問我是什麼感覺……很好啊。」

「嗯，那沒事。」

面對雙方對話搭不上線的情況，直接應付過去是最好的選擇。

姪女似乎不太在意周圍的看法。我原本以為她或許是被戀愛的感覺沖昏了頭，但是已經過了相當長一段時間。等我弄清楚其實是因為她年輕又缺乏失敗經驗時，雖然一方面覺得可靠，同時卻也認為自己必須更加繃緊神經。虛長了這麼幾歲，我怎麼可以因為他人帶來的熱量而沉迷其中。

但是姪女的眼裡只有我一個。

我本身就代表了未來。

面對如此強烈的好感，假如自己還是二十幾歲，是不是能夠更加熱情地回應呢？然而再怎麼說已經過了四十歲的在下必須顧慮她雙親的想法，還要考量姪女的將來。年齡差距的問題也是一樣，那並不是要我別太在意就真的能不去在意的事情。

我沒辦法跟年輕人一樣只活在當下。

算了，畢竟已經這把年紀了，原本倒也不會擔心未來還有什麼重大事件。

只是現在真的遭遇了重大事件，所以說未來這種東西或許根本無法預測。起碼我自己從沒想像過會在四十歲的時候把姪女當成女朋友對待。

在比較年輕的時期，自己一直都在煩惱其他事情。

「……啊……」

我慢慢吐出一口氣，讓幾乎浮上表面的回憶再度重置。

順便觀察起坐在正對面的姪女。

那頭略帶紫色的黑髮跟大嫂一模一樣。可是我雖然不討厭大嫂，倒也不曾對她產生什麼特別的好感。看樣子就算外表相似，吸引我的卻是完全不同的部分。

那麼到底是哪裡呢？試圖找出答案的我開始盯著姪女觀察。對方捧著茶杯，似乎被我的舉止嚇了一跳。我沒有理會這種反應，繼續把視線集中在她身上。

「有……有事嗎？」

姪女坐立不安地左右搖晃著頭髮，眼神也四處亂飄。

「盯～～」

「不，我知道妳在看我。」

「盯盯……」

「討厭啦。」

或許是認為我在戲弄她，姪女皺起眉頭，不過我的行為起碼有一半是基於認真的研究。

總之我站了起來繞過桌子，在她的旁邊蹲下。接著，伸手拉起姪女臉頰旁的一束頭髮。

看到我伸出手指的動作，她的肩膀震了一下。

「妳要再來一杯茶嗎？」

我一邊玩著她的頭髮一邊詢問。「麻……麻煩了。」依然跪坐的姪女拘謹得宛如豆腐一般方正。

她的肩膀也整個緊繃起來。

「妳應該已經習慣這種行為了吧？」

「每次小姑姑摸我的頭髮時，怎麼說……我總是會很緊張。」

「頭髮？」

我動了動自己的手指，姪女的身子跟著一震。放在大腿上的拳頭不斷上下，就像是在敲打琴鍵。看到這種反應，我輕笑了幾聲。她的鼻尖微微泛紅，雙眼也有點溼潤。

「居然主動招認自己的弱點，這個樣子可不行啊。」

至於姪女的弱點部位……在此省略。

大白天的營造出那種氣氛是要做什麼呢？我找了個逃走的理由。

「我去泡茶。」

我放開她的頭髮並站直身子，於是姪女的視線也跟著我移動，彷彿正在仰望放掉的氣球。光是看到她對自己表現出這種緊追不捨的表情，就能讓我頗為滿足；光是她願意像這樣注視著我，也能讓我感到相當幸福。

因為時至今日，還會關注我的人物大概只剩下姪女一個。

「等一下再繼續。」

「繼……繼續……」

姪女挺直背脊。她的姿勢總是很漂亮，或許是大哥大嫂教導有方。

我收回杯子離開起居室，來到面對外側的走廊後，外漏的一絲冷氣惡作劇似的搔著我的臉頰。接手的夏日豔陽全面籠罩下來，簡直是想讓人整個融化。

這棟老房子到了冬天明明到處都有風從縫隙灌進來，夏天時的熱氣卻累積著無處可逃。心想這種事實在很不合理的我因陽光而瞇起眼睛，在如畫般的積雨雲裡發現會動的物體。

「又是那隻鳥。」

一隻展開灰黑色羽翼的鳥在遙不可及的遠方飛翔著。最近只要我抬頭望向天空，每次都能看到這隻鳥……不管自己身在何處都一樣。

是偶然？誤會？還是那隻鳥其實活在我的眼中？

不管是哪個理由，我都認為這個現象有其意義，因為誕生於這世上的萬事萬物都具備意義。總而言之，把那隻鳥當成是「過勞導致的幻覺」大概是最四平八穩的判斷。雖說我這人有沒有累到那種地步是極為可疑的事情，不過我還是決定先揉揉眼睛。注意到自己在這種時候只針對左眼處理後，讓我實際體認到人是一種習以為常的生物。

我的右眼因為以前的一點意外而失明。

順便說一下，下手的人是姪女。

關於這件事，她要求我必須花一輩子去恨她。

但是抱著憎恨度日未免太過累人，我只想恨她五秒就乾脆原諒，姪女卻堅持不肯接受。

到底是怎麼一回事？連我也不太確定。

「鳥嗎……」

那種張開雙翼在空中翱翔的姿態，讓我聯想到以前認識的某個人物。

不過那傢伙不曾展翅高飛，而是一隻不斷奔跑的鳥。

一隻埋頭往前衝刺，不曾回頭看我的鳥。

萬一發生到了公司午休時間卻沒空打開便當的狀況，那可是一件很恐怖的事情。

就算便當內容只是晚餐的剩菜也一樣。

「而且這也算是愛妻便當嘛！」

我面露傻笑。

吃了一口之後我才恢復冷靜，心想自己可能講得有點太誇張了。

我一邊動著筷子，同時操作智慧型手機。我和她從事不同的工作。

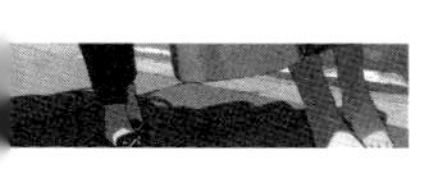

『今天應該是我這邊可以比較早回去，晚餐有什麼想吃的嗎？』

我們講好準備食物的任務由先回到家的那個人負責。

送出訊息後，我把吸管插進牛奶紙盒裡。回覆很快就傳來了。

『嗯……雖然不能當晚餐，但是我突然很想吃地瓜羊羹。』

「地瓜羊羹……」我喝著牛奶，重複她的要求。

『啊，晚餐只要簡單吃就好。』

「我也只會做一些簡單的東西啦哈哈哈！」

大學時代的我在吃的方面完全仰賴室友的支援，現在光是會自己動手已經算是比較像樣。我吃著塞在便當盒角落當作點心的葡萄乾並送出回應。

『我回家時會順便去買地瓜羊羹。』

『愛妳喔！』

『我會代替地瓜羊羹感到害羞。』

『不必代替地瓜羊羹也可以害羞啦……』

就像這樣，我們進行了一場彷彿會讓羊羹僵硬的對話。

之後，我在「喔啊啊啊啊」的狀態或「嗚噫噫噫噫」的吼叫中撐過了上班時間。我大學一畢業便進入這間公司，一直待在崗位上並沒有特別發生什麼變化，不過經常回想起當初面試的事情。因為我那時曾經自我宣傳跑得很快，所以被要求和公司的其他員工比賽，最後好不容易獲勝。

萬一輸了，自己是不是就會被刷掉呢？

只是也很難確定是不是因為我贏了才被錄取。

總之如此這般，我在上班時間內做完工作，準時離開公司。

夏季的白天比較長，也讓人覺得一天比較晚結束，總有種賺到的感覺。

「哦～哦～今天也飛得很高。」

明明在公司隔著窗戶看到這隻鳥的時候只覺得滿心可恨，下班後卻會連自己都產生想展開羽翼抬頭眺望的衝動。我原本考慮模仿那隻鳥把雙手水平張開，後來又覺得想必很礙事而作罷。

我決定先把這隻走到哪裡都可以看到的鳥置之不理，開始在通往車站的路上尋找平常沒特別注意的日式甜點店招牌。地瓜羊羹應該是日式甜點店會販賣的點心……大概沒錯。回頭想想，我自己居然不曾買過，連價錢是否偏貴也不甚清楚。

我知道自己尚未完全掌握女友在飲食方面的喜好，看來世界上還有很多謎題。

包括陽光在內，這一切都熱情又刺激。

搭了一段搖搖晃晃的電車後，我跨著大步走回住處。雖然學生時代曾為了見到「她」而

使出全力奔跑，但現在就算慢吞吞散步也沒有關係。

我想盡可能去改善自己和她之間的時間差距。

「我回來了。」

進門之後，我不由得一邊脫鞋一邊按照習慣打了招呼。雖然家裡沒有人在，但是看到整潔的廚房會讓人心情變好，也會提起準備發揮廚藝的幹勁。再加上因為和女友住在一起，不至於發生無人打掃的問題。

我踏入室內，先把買回來的日式甜點店包裝袋放在桌上，然後用力吸了一大口沉靜的空氣。由於家中無人再加上當然沒有通風，空氣顯得有點溼熱。用力吐氣後，我上下運動肩膀，將薄膜般依附在身上的疲勞感徹底甩去。

進行至此，心裡總算充滿到家了的感覺。

我去換了衣服，為了思考要煮什麼當晚餐而移動到冰箱前方。在打開冰箱之前，映入眼角的夕照色彩吸走了我的注意力。雖然離開公司時還殘留著近似白晝的日光，不過到了這個時間，到底還是得迎接斜陽。一大片被染成暗紅色的雲層彷彿化為海浪，正朝著城鎮一波波湧上。

不管什麼時候看到夕陽，每次都會讓我的心臟左側附近受到刺激，心神也因此不定。內心湧上一種情緒……彷彿覺得自己必須開始去做某件事情，又像是為了某件已經結束

的事情感到焦慮。很久以前的人類曾經害怕黑夜的到來，或許這種反應就是受到了過去的影響。我獨自一個人面對這種造成動搖的原始情感，卻注意到熟悉的那隻鳥和暮色一起橫過窗前，似乎也想伴我一程。

然而在鳥的身影超出窗戶範圍的同時，眼前的景色突然開始傾斜。

「哎呀？」

我受到類似暈眩的症狀襲擊，連忙把手放在正想打開的冰箱上支撐住身體。

咚、咚，太陽穴附近傳來脈膊的跳動聲。腦袋深處產生一種不同於疼痛的錯覺，彷彿接觸到了什麼異物。原本往下看的視線開始轉來轉去似乎在尋找消失的那隻鳥，不斷迴旋的景色害我感到噁心想吐。不協和音如同水位般地步步高漲，灌滿了我的全身。

沙沙……在閉上的眼皮內側出現類似嚼沙的質感後。

「妳現在……在做什麼呢？」

宛如砂石灌入的噪音勉勉強強地拼湊出了友人的聲音。

耳朵和眼睛被迫開放。有什麼從耳朵流了出去，就像是空氣逐漸從內側洩漏而出。視線範圍內的每一個角落都暴露在光芒之下，失去能夠休息的場所。明明什麼都看不見，眼球卻因為不眠不休地持續活動而越發抑鬱。就算因為緊繃的疲勞感而閉上眼睛，前方卻不是黑暗而是似曾相識的街景。

實在無法繼續承受的我原地蹲下，靜靜等待暴風雨平息。不管是摀住耳朵還是蓋住眼睛都沒有任何幫助，因此到頭來我的手自然地支撐住額頭，擺出類似祈禱的姿勢。我用力吸了一口氣，很痛苦，呼出一口氣，也很痛苦。即使如此自己還是繼續深呼吸，重複多次後總算感覺到耳朵逐漸關閉。

由於遭受各種感覺的折磨，連自己踩在哪裡都模糊難辨。

儘管沒有經驗，但溺水是不是這種感覺呢？

雖說好不容易平靜下來，如同用臼齒咀嚼雜音的狀態依然沒有消失。

就像是強行從遠方的廣播接收了訊號。

我成了人體收音機，耳朵深處還殘留著一直無法抹去的異樣感。

「小芹。」

我久違地呼喚著童年玩伴的名字。

那是曾經為我帶來巨大波濤的聲音，自己當然不可能忘記。

我蓋住一邊耳朵然後甩了甩腦袋，感覺似乎聽到了類似螺絲釘滾動的咔啦咔啦聲響。

「爸媽叫我來問小姑姑在盂蘭盆節時打算怎麼辦？」

「不怎麼辦。」

來到茶屋入口的姪女隨便打聲招呼後就提出了來意。

「是說，我去年有做了什麼嗎？」

我正在把常客要自取的茶葉塞進箱子裡，同時不解地歪了歪腦袋。雙親已經離世，成了空屋的這個家現在是由我繼承。對於這個安排，哥哥並沒有特別反對。雖然沒有明講，但是他或許也覺得失去老家未免令人感到失落。

「我想他們的意思是親戚都會去我家，所以希望小姑姑也去。」

「我不要。」

我隨口拒絕，蓋上塞滿袋裝茶葉的箱子。聽到姪女的苦笑聲後，才抬起頭來看了看她。

「因為跟親戚應酬很麻煩啊。」

像那種只有盂蘭盆節和過年才會碰面的親戚，乾脆把他們忘了反而比較輕鬆。畢竟對方不可能有什麼事情需要我幫忙，反過來說，我這邊也是一樣。

另一個單純的原因，那就是我不喜歡人多的空間。感覺氧氣稀薄。

還有我也不擅長去窺探人與人之間的狹窄間隙。

「小姑姑這種孩子氣的地方有時候很可愛呢。」

「……嗯，我不否認自己很幼稚。」

現在回想起來，我在國高中生時期表達自己想法的技巧可不是一個「爛」字就能解釋，而且這個問題直到現在也沒有改善。就算我有自覺，事到如今根本束手無策。

不管是過去，還是現在。

以幫忙作為藉口前來店裡的姪女占據了櫃檯。平常她都在那裡研讀課業或是看起自己帶來的書，基本上不會接待客人。

然而很不可思議的是，姪女沒待在店裡時反而會有零星的珍貴客人光臨。

「在妳來之前沒多久，店裡來了個客人。」

「哦，真是難得。」

這間店除了定期購買的常客，一般過路客極少上門。甚至到了有客人光顧會讓姪女有點驚訝的地步。

「是附近的居民嗎？」

「不，我沒見過那個人，是個金髮美女。」

看起來像是外國人，不過她的日文很流利。額頭上有一大片看似切割傷的疤痕，讓我忍不住多看了兩眼，這種行為說不定很沒禮貌。另外根據外表，很難判斷對方真正的年齡。

「美女啊……」

姪女的視線帶有壓力。

「那是重點？」

「為何不是？」

要是她以理所當然的態度開始找我糾纏不清那就傷腦筋了。

「不然我稱呼她為金髮女好了。」

要是形容成金毛妹子，眼前的年輕女高中生不知道能不能聽懂。

「小姑姑喜歡金髮？」

「不，我喜歡妳那種髮色。」

哎呀……姪女壓著自己的頭髮害羞起來。她摸了摸遺傳自母親的黑髮，臉頰染上淡淡的紅暈。

「我會好好感謝母親。」

「那樣挺不錯啊。」

今天也做了一件好事，我希望自己至少能日行一善。

「總之，到這邊為止還算是普通的客人。」

「所以那個人不普通嗎？」

嗯。我點了點頭，開始說明那個客人來此的目的。

「她拿了一個日式茶碗給我看，說什麼想找適合用那個茶碗喝的茶葉。而且明明我什麼都沒問，對方卻自顧自地開始解釋那個茶碗是她在世界上最重要的人所製作的東西。」

她看起來真的很想炫耀，不，反而很有可能正是為了炫耀才走進這家店。自己碰到這種怪人時可以嗯嗯啊啊的應付過去，換成姪女或許會不知所措。

「那還真是……很有特色……」

「嗯。結果，因為我說我也不清楚，對方就把架上的所有商品全都買了一輪。」

我意外成了個銷售高手。

「買茶買爆喝茶喝飽……湊不起來嗎？」

我放棄講到一半的冷笑話。不必確認姪女的感想，這個哏很失敗。

「我偶爾也想試著招呼客人。」

對於姪女的意見，我只哈哈笑了幾聲。考慮到自己給她的工讀薪水，她光是願意幫忙打掃店內就已經很盡責了。

話說回來，我總覺得在哪裡看過那個日式茶碗。不，還是看過造型類似的作品？雜誌、

電視……雖然記憶裡沒找到相關的資訊，不過或許是哪個有名陶藝家的作品。畢竟自己對那方面的世界是個外行，就算見識到什麼傑作也無法了解其中價值。

看到姪女從包包裡拿出書本，我決定躲到後面去。

「那麼接下來麻煩妳顧店了，我晚一點會拿茶水過來。」

「好的。」

姪女來店裡幫忙的日子，基本上我什麼都不做。她沒有來的日子，基本上我也幾乎什麼都不做。

連自己都忍不住覺得真虧我能活下來，姪女也說過同樣的事情。

我經常在想，不知道姪女會選擇怎麼樣的生活方式。

通過店面後方的走廊後，我進入起居室。幸好冷氣一直開著沒關，悶熱的走廊和這裡簡直是通往了另一個空間。我呼出堆積在身體裡的熱氣，交換般地吸進涼爽的空氣。

接著，我搖搖晃晃地被沙發吸引過去。這張被我拿來代替床鋪的胭脂色沙發在外觀上已經顯得有些老舊，不過我還不打算換一張新的。

我跳向沙發，躺下來伸直雙腳。明明沒那麼想睡，結果卻反射性地打了個呵欠。保持躺平姿勢的我把手伸向折好放在旁邊的毯子，即使勉強轉動身體導致側腰附近有點疼痛，自己還是堅決躺著擺爛。好不容易用手指勾住毯子之後，也順便把旁邊的旅遊雜誌一起拉了過

來。我攤開毯子和雜誌，讓沙發上形成更加高級的空間。

毯子對自己來說是可有可無，不過姪女要求我必須蓋著毯子睡覺，因此我決定乖乖遵守。

至於旅遊雜誌，雖然我根本不會實際前往，還是會買下雜誌像這樣翻開閱讀。光是透過雜誌欣賞各地的景色，或是閉上眼睛想像自己真的去了一趟，其實都出乎意料的有趣。以前放學後要等人時，我也是前往圖書館做類似的事情以打發時間。難道只有我會這樣做嗎？

接著，我注意到桌上並排著兩個原本應該已經洗好並放在廚房的茶杯，或許是因為什麼誤會才被擺在錯誤的地方。看著兩個茶杯像這樣並排的景象，我不由得回想起大學時代。當時自己總黏著離開故鄉的童年玩伴，兩人還住在一起生活……只是後來我失去了她，而我如今身處此地。

「算了，人生難免有那種事。」

不過我也覺得自己好像只會碰到那種事……直到認識了上高中的姪女為止。

她對我的幫助可以說是相當……不，是非常多。

只剩下沒辦法正面坦白這件事的個性一直殘留到了現在。

我又打了個呵欠，伸手擦去淚水。由於體溫下降，睡意似乎也逐漸強烈了起來，說不定冬眠就是這種感覺。我闔上才剛打開的旅遊雜誌。

配合頭部動作移動視線後，剛好發現平常那隻鳥出現在玻璃窗外。

雖說自己也不確定到底什麼事情剛好，總之那隻鳥正跳舞般地繞著一縷細長的塔型雲朵不斷盤旋。我漫不經心地用眼光追隨牠的身影，同時感覺到眼皮變得越發沉重。

面對這種蔚藍到幾乎能浸透整片視野的鮮亮青空，意圖進入夢鄉的行為實在是自我墮落的極致。

和躺下來的我相反，那隻鳥展翅乘風，彷彿是為了前往更高的場所。

這時我的意識突然遠去，就像是靈魂搭了羽翼的便車。

「鳥……」

才踏出大樓一步，我的視線就投向位於空中的身影。

那景象傳達給我的速度似乎超越了應該以光速灑下的晨光。

因此我不得不產生懷疑，該不會那隻鳥所在的區域其實脫離了構築這世界的科學法則。

「這些知了的精神真好。」

看不見鳥的她對大樓周圍樹木所帶來的現象產生了反應。我慢了半拍才注意到蟬的存在，鳴聲喧囂，可以感覺到大量的音浪聚集在耳朵的上方。

「雖然沒辦法一眼看出，但是只要想到在這些樹幹上其實攀著數也數不清的蟬，我就覺得……」

「就覺得？」

「有點噁心。」

她的感想十分誠實。沒錯，要是想像一下數不清的知了在樹幹上萬頭攢動的場面，別說有點噁心，根本是讓人非常不舒服。我以前也親手抓過蟬，老實說摸起來的感覺並不太好。

為了遠離這些蟬鳴，我們邁步前往自然景觀較少的車站附近。

今天的時間很充足，沒有必要用跑的。更何況現在的我實在提不起勁。

幾天前侵襲自己的那陣噪音已經消失得差不多了，然而只要我搖晃腦袋，依然可以聽見喀啦喀啦的聲響。

我有點不安。

並不是因為自己可能得了什麼病，而是類似某種預兆。我張望了一下四周，確定周圍和她都還存在。接著伸手碰觸路邊建築物的牆壁，為了維繫住對象而加強了手指上的力道。然而只要自己收回手掌，牆壁的粗糙手感就會立即消失。

真討厭……我不願意回頭確認。

原本就隱約有所察覺卻被自己一直刻意無視的某種存在感如今變得相當強烈。

搭上和平常相同的那班電車後，我正在抓著吊環發呆，卻突然和她四目相對。

「我們經常對上眼呢！」

「這都是因為妳。」

「Me？」

「You。」

這個回答不出所料，不過為什麼是因為我？

「因為每次注意到時，妳都在看著我。」

「哎呀！」

理由十分簡潔明快。不知道這種行為是不是讓她感到不舒服？還是覺得我跟樹上滿坑滿谷的知了一樣噁心？我窺探著對方的反應。

結果她露出微笑還搖了搖手。

「啊，完全不要緊，我只是以為妳有事找我。」

「沒事沒事！我大概都是看妳看到入迷而已。」

畢竟我活到現在向來都只關注她一人，這個習慣恐怕一輩子都改不了。

聽完我的回答，她轉開視線。

「唔唔唔……」

「唔？」

「為什麼可以講得這麼乾脆呢……」

「……還是要我用含情脈脈的態度來說說看？」

「雖然我有點興趣，但還是希望妳保持爽朗形象。」

「我會盡力。」

有時候，她會說我是個直爽的人。我自己沒辦法體會，不過既然她在我身上找到這種特質並且希望我保持下去，自己當然很樂意配合。還有，她也說過我是個像青空一樣的人……這個評論可能是因為我的名字裡有個「青」字。

她瞇起眼睛抿著嘴，露出似乎在觀察的表情。

「妳一定很受歡迎吧。」

「咦？是嗎……在上大學之前，完全沒有人說過喜歡我。」

根據同居者所說，那是因為我總是看著遠方發呆，讓別人難以主動親近。對方曾經多次勒令我改進，我也總是滿口答應，然而這種連自身都沒有意識到的習慣實在沒有辦法控制。

「妳在看什麼？」

「符合理想的女性。」

就像這樣……我含情脈脈地凝視著她。就算自己停下腳步她也不會消失，真是一個美好的時代。所以，我不想失去現今的生活。

她察覺出我眼裡帶有的意圖，於是又轉開了視線，換上帶著為難的笑容。

「看吧，妳果然很受歡迎。」

接下來的時間，我開始逐一觀察車上的乘客，就此度過到站前的空檔。

從地下鐵的月台往上回到地面後，我們兩人即將在此暫別。

「希望今天能夠早點回家……」

在沿著樓梯往上的途中，她看著遠方如此說道，眼神還有點渙散。

「不過僅限於希望……」

「不要緊，我會準備好晚餐等妳回來。」

「太貼心了。」

她很配合地雀躍了起來，我也很好打發地感到滿心得意。

「但是妳之前幫我買了地瓜羊羹，所以我今天會盡可能努力先回家煮飯。」

「太棒了！」

這次換成我雀躍欣喜，畢竟由她掌廚的晚餐水準會提昇很多。

我們奮力爬上樓梯來到地面。車站前方的巨大屋簷帶來寬度均等的陰影，下方由大量的忙碌群眾匯聚成一股人潮。望著眼前動來動去的一顆顆腦袋，我忍不住發表感想。

「看到這麼多人，我有時候會覺得真的很厲害呢。」

「是啊。」

「一想到這麼多的人其實都有著各自的想法，就覺得……總之很厲害。」

「嗯。」

詞彙量太少的我只能重複使用「厲害」一詞。

她堅守著聆聽者的立場，笑容總是那麼溫柔。

接下來我們將投身人潮，她往右邊移動，而我前往左邊。

「各位同學今天也要努力工作喔！」

「知道了～～」

我舉起手回應裝成老師的她，被稱讚這個回答很有精神後，又再度雀躍了一番。

「妳把我寵成這樣，會讓我有點擔心自己……」

「只是有一個對自己特別嬌縱的人陪在身邊，又有什麼大不了的呢？」

「原來如此……」

長大成人之後，日常生活裡確實沒什麼機會被人誇獎。

所以只要洩洪般地灌注大量的甜言蜜語，就會讓人對她心醉不已嗎？這手段真是高明。

「妳今天也是國色天香呢！」

我也試著仿效這種手段。不過或許是因為過於突然，也或許是因為用詞不當……

她只是瞪大了眼睛，過了一會之後才燦爛一笑。

「妳這種顯得有點笨拙的個性，有時候對我來說是一種救贖。」

「唔……」

沒想到來了更大一波反擊，我只能全面投降。

看樣子就算比起溺愛女友的本事，我也依然不是她的對手。

我倆卿卿我我一陣子之後，終於各奔東西。一旦剩下獨自一人，我立刻遭到先前未曾察覺的無數腳步聲和車輛行駛聲團團包圍，令人倍感侷促。畢竟只要和她分開，雖說還不至於失去半個身子，但自己的存在仍舊會變得模糊曖昧，就像是大半張臉都遭到挖空的感覺。

這種說法並不是誇大其辭，實際上她的存在或許正是讓自己能留在此地的理由。

我抬頭仰望天空，彷彿是為了逃離人群。

「是那隻鳥。」

平常那隻鳥總是隨時出現在空中，所以一切如常。

難道牠飛得比電車還快嗎？或者那果然是某種看起來像鳥的象徵性物體？我總覺得要是跟丟那隻鳥，自己似乎又會遭到那些雜音襲擊，因此持續移動目光。但是走路時像這樣把注意力放在其他東西上當然會出問題，最後我偏離人群，還差點闖到了大馬路上。

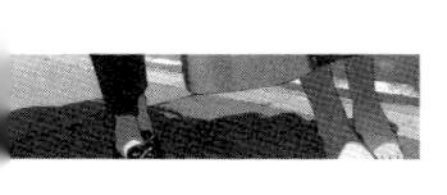

我踉踉蹌蹌地走回人行道，繼續緊盯著那隻鳥。

對於周圍的行人來說，自己一定顯得非常礙事。

我這人總是這樣。至少，小芹總是在提醒我。

「妳在做什麼……嗎？」

要是小芹在場，我想她一定會如此質問我。

我們兩個還沒上小學時就認識彼此，算是老交情了。直到上國中之前，她都是個坦率的好孩子。到了必須穿制服的那個時期，或許是因為青春期鬧起了彆扭，她開始對我擺出非常跋扈嗆辣的態度。雖然那樣的小芹也別有一種魅力，不過對我來說，還是以前雙方都很坦率的時期比較自在。

我想這樣的小芹……大概喜歡我吧？

畢竟我們每天都會見面，所以我能夠察覺這種事。可是自己卻在未曾正面回應過這份好感的情況下直接不告而別。如果要問如今在做什麼，其實是我這邊也很想找她確認的問題。

她是不是還在那間公司上班？還是辭職回老家去了？

為什麼事到如今，我才聽到了小芹的聲音？

說不定，彼此之間的距離已經近到足以讓自己聽到她的聲音。

如此這般，我一邊思考關於小芹的事情，同時繼續追著那隻鳥往前走。

「在一隻鳥的引導下前進」，聽起來還滿有童話的感覺。

雖然我一開始還悠哉地胡思亂想，後來卻發現自己的雙腳正在慢慢加速，因為那隻鳥飛得愈來愈快了。不管是張開來彷彿要擁抱天空的雙翼，或是牠身上羽毛的配色，其實都讓我率直地感到很美。但是把這種事放一邊去之後，我發現自己明明沒有必要追趕這隻鳥，現在卻為了不要跟丟而跑了起來。

而且很不可思議的是，我沿路都仰望著上方，卻從來沒有撞到任何障礙物和行人。隨著我的速度加快，雜音也一個個逐漸遠去。最後只剩下自己的腳步聲和呼吸聲，狀況好的時候甚至連腳步聲都消失了。或許是被這種懷念的馳騁感給沖昏了頭，我幾乎忘了自己追逐這隻鳥的理由，只是繼續奔跑下去。

這是我第一次抬著頭跑步。在聽不到腳步聲的狀況下望著空中的鳥，會讓人覺得自己好像也飛了起來。那隻鳥愈來愈快，我也堅持著苦苦跟上。在這種為了追逐某個目標而帶著焦躁往前奔馳的感覺中，只有心境反過來變得愈來愈年輕。

因為自己長久以來，都是像這樣追逐著她。

最後，我終於再也無法追上無止無盡持續飛翔的鳥，因此放慢腳步。

「耶？」

回過神後，才發現自己拋下了許多聲音。

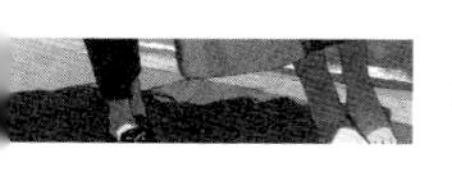

鳥不見了，聲音消失了，只有夏天的空氣逐漸下沉。

「這裡是哪裡？」

不看前方還一陣亂跑的結果，我來到了一個陌生的地方。

現在的自己正站在馬路中央，因為眼前遭遇的事態而滿心困惑，甚至忘了調整仍有些紊亂的呼吸。汗水沿著脖子往下滑，造成令人不快的感覺。闖入馬路的事實先讓我大吃一驚又嚇得背脊發冷，注意到周圍空無一人後，腦中的某個角落更是變得一片空白。

車站前明明有那麼誇張的人潮，如今卻找不到任何痕跡。我焦躁地心想該不會是自己不看路亂跑了太久，然而有一件事情卻促使我明白狀況根本沒那麼簡單，那就是蟬叫聲的有無。這裡，聽不到蟬鳴。

連在市區裡都不曾停歇的那些合唱現在卻不存在於任何地方。

我冒著汗抬頭看向杳無人煙的冰冷建築物，因為呼吸困難而連連喘氣。

就像是遭人拋棄，自己愣愣地原地佇立。

無論是回頭尋找還是觀察對面的人行道，都沒有找到任何會動的生物。

總之我覺得站在馬路正中央可能不安全，因此以螃蟹走路的方式前往人行道避難。來到天橋旁邊停下腳步後，周圍的環境突然一口氣整頓整齊。

炎熱、倦怠、刺眼這三種夏日特色將我團團包圍，一旦沒有其他聲音，總覺得夏天的威力就會在毫無遮蔽物之下直接降臨。

甚至連照在頭髮上的直射日光都顯得沉重。蔓延的熱氣如同圍巾般糾纏著我的脖子，實在是讓人厭煩萬分。就算把頭髮往上撥，根本無法抹去的熱浪也逼得人幾乎投降。

即使如此，我還是硬撐著沒有低下頭，昏昏沉沉地面對眼前的景象。

「不，不對……我錯了。」

我終於發現把這裡當成陌生地點的想法是一種誤判，建築物的輪廓紛紛清晰起來。

鄉愁在此浮上心頭。

我記得這邊是這個，往那邊去應該有那個……就像是為了尋回記憶，我開始四處移動並進行比對。

「雖說自己也覺得這邊是鄉下地方……」

但我的故鄉到底是在什麼時候成了空空蕩蕩的鬼城？

而且居然可以跑著回鄉，自己的雙腳又是在什麼時候成了特快列車？

因為太多猜測和疑問，我的腦袋無法跟上。

那隻鳥已經徹底消失無蹤，自己只能一邊亂晃一邊回憶著故鄉街景。

這時，我注意到一個往這邊走來的人影。

那個肩負著夏天的人影甩開漆黑的灰燼，逐漸取回原本的色彩。

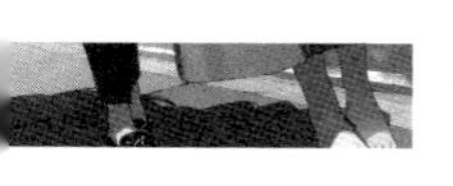

一開始，我並沒有認出對方是什麼人。

雖然我一眼就看出對方是誰，大腦的處理速度卻還沒有跟上。況且基本上，現狀到底是怎麼一回事的前提疑問也尚未解決。自己原本……應該正在店面後方的房間裡睡覺。

可是當我回神時，卻發現自己站在鎮上某條馬路的正中央。腦袋尚未清醒的我思考了一會兒，最後推測目前大概是在作夢，周圍空無一人的現狀也很符合夢境的氛圍。因此我想，或許不久之後就會突然清醒。

抱著這種想法的我往前踏了一步，卻遭到完全不可能是夢境的熱度襲擊了肩膀、後背以及腳底。

「好燙！」

我忍不住跳了起來。剛剛那一步，自己毫無猶豫地踏在被太陽曬得發燙的柏油路上。

這下我才發現自己打著赤腳。看樣子被丟到鎮上時，直接保留了我在房裡睡覺時的那身服裝。我一邊確認泛紅的腳底是什麼狀況，同時環顧四周，結果連建築物裡也不見人影。

「呃……怎麼回事？」

現狀大致上像一場夢境，感覺方面卻直接從現實裡原封不動地搬了過來。是不是自己睡覺的方式有問題呢？說不定現在的我只有左半邊的大腦清醒過來，就像是候鳥那樣。

我躲進路邊的陰影下，採用古典的方法用指甲掐了一下自己的手背，結果卻只是被指甲刺得很痛。

「唔……嗯嗯……嗯嗯嗯？」

內心的困惑無法化為實際的言語。總之我原地坐了下來，動手拍掉腳底的髒汙，同時開始煩惱自己到底該思考什麼問題。結果我只是瞪著正前方還順便把小指彎來彎去，就這樣度過一段毫無意義的時間。途中，我終於注意到此地居然沒有蟬鳴聲。這裡到底是什麼地方啊？我抬起頭再次觀察附近的大樓。

「怎麼覺得……好像在哪裡看過？」

既視感開始運作。在一絲好奇心的推動下，沉重的下半身總算得以啟動。我偷偷觀察了一下大馬路，決定接下來要前往的方向。只要選擇陰涼處，腳底必須承受的熱度也會減低。我知道自己駝著背，不過還是保持這種姿勢沿著馬路移動。

「真的找到了。」

我伸出手指，彈了一下冰淇淋店那些五顏六色的裝飾品。裡面沒看到店員，自動門卻能正常反應開啟。看起來仍然有電，或是不可思議空間的某種神祕能源發揮了功用。

這方面對我來說是隨便怎樣都好。畢竟看在自己這個外行人眼裡，電力也是一種不可思議的能源。不說別的，我甚至連電話的原理都無法詳細說明。

我呼吸著店裡根本不適合販賣冰淇淋的悶熱空氣，同時逐一確認內部的各個物品。之後走向靠窗的座位，選擇回憶中的那個位子坐了下來。

撐著手肘托住臉頰後，我把視線移向旁邊的椅子，卻發現完全看不到右邊的座位，不由得輕輕笑了。

自己無所事事地在店裡放空了一陣子，接著才動身再度前往戶外。

「好熱啊……」

我一邊抱怨，一邊把頭髮往上撥。自己怕冷，但是更討厭太熱。

這次是有人趁著我睡著時，把我送往了某處嗎？誰會做那種事？姪女嗎？似乎不可能。對了，不知道姪女怎麼樣了。因為我們待在同一間房子裡，她甚至有可能被我牽連。我是不是應該到處搜索，尋找姪女的下落？不過，如果要問我是否認為這種推論就是正確答案？我只覺得無論如何都無法信服。

「這裡……果然是夢境。」

我回過身子，對著和記憶中一模一樣的冰淇淋店如此喃喃自語，因為這間店很久以前就歇業了。除非真的有哪個人無聊到準備了整個城鎮來惡整我，否則此地就只是回憶。現在，

我的意識似乎被困在自己的腦子裡。

或許會有人主張「意識存在於自己的腦子裡」是一件稀鬆平常的事情。雖說確實是那樣沒錯，然而這次的情況並不一樣……連我本身也仍有疑慮。總而言之，這裡並不是姪女所在的現實世界。

就算是根據我本人的記憶，我還是覺得姪女尚未待在這個地方。因為她的存在並沒有久遠到足以成為回憶。

漫無目的地的我抬頭看向天空。頭上的藍天雲淡風輕，似乎在遠處和現實相互毗鄰。我凝神觀察了一段時間，發現雲朵確實在緩慢移動。不知道抵達世界盡頭之後，那些雲朵會前往哪裡。

為了尋找那隻鳥，我暫時維持仰望的姿勢。結果並沒有找到那隻鳥，也沒有找到別隻鳥或是其他任何一隻鳥。在人的內心當中，存在的只有自己。或許這是理所當然的道理，然而重新面對這個事實之後，依然會讓人感到非常寂寞。

我發現等了半天也不像是會發生什麼事情，決定再度開始移動。總之先回家一趟看看吧。既然沒有人，那麼躺在馬路中央跟躺在家裡床上說不定也沒什麼不同。不過即使如此，人類大概還是會追尋能夠棲身的歸處。

「而且要是躺在這種路上睡覺，肯定會被曬死。」

我注意著腳下的地面，避免踩到碎石或玻璃。

赤腳在外面走路令人有些忐忑不安。

像這樣獨自走在空無一人的街上，我莫名地覺得有點心虛。

我一邊前進一邊確認各家店面，想看看能不能在附近找到涼鞋之類的物品。這時我聞到從對面吹來的風裡帶著某種氣味，一股含有夏日陽光的乾燥氣息。

另外，其中也夾雜著淡淡的脂粉香氣。

我抬起頭。

注意到一個正在移動的人影。

只看一眼，我就停下腳步。

還沒開口，喉嚨和肩膀已經不斷顫抖。

我可以感覺到體內似乎泛起了一波波的漣漪。

內心和碧藍色的深海同化，漫無止境地不斷下沉再下沉。

所有汗水一口氣乾涸，觀察著後續的態度。

勉強擠出口的名字和背景融合為一。

「小藍。」

早已失蹤的童年玩伴一邊東張西望一邊晃晃悠悠地漫步前進。

「不好意思，可以打擾一下嗎？」

她似乎也發現了我，小跑著靠了過來。

我的心臟整個緊縮宛如被擠乾的檸檬，對方卻若無其事，毫不在乎，什麼都沒有自覺，也什麼都沒在注意。

汗水連連冒出幾乎不曾停歇，讓我彷彿是被溫熱的雨水淋濕了全身。

但是，自己沒有餘裕去確認那些熱度和不快感。

只有某種類似暈眩的感覺和她一起從前方逐步接近。

為了讓自己能夠順利承受下來不要跪倒在地，我必須拋開大量的其他感覺。

小藍。

這是她的暱稱。

只屬於我的名字。

「其實是我剛剛發現人都不見了……咦？」

話說到一半，小藍睜大了雙眼。原本就顯得少根筋的遲鈍表情變得更加散漫。

根據先前那種過於見外的反應而得出一個推論的我感到怒火上湧。

這傢伙該不會……

「妳……難道是小芹嗎？」

她果然沒看出來我是誰。

怒火一口氣往上衝，困惑和疑問都被暫時跳過。

眼窩深處傳來一陣陣的刺痛感。

明明我這邊是如此的——

彼此不對等的感情洪流讓我的嘴裡充滿苦澀滋味。

「What's happened？」

吵死了。

「妳……妳應該要立刻認出來啊！」

由於一時語塞，原本想表達的事情恐怕連一半都沒能說出口。被我怒吼一陣之後，小藍似乎很不知所措，雙眼也四處亂看。看到她遭遇困難時的這種幼稚反應，自己總算產生一絲安心感。因為這種反應讓我感覺到眼前的人確實是小藍沒錯。

到底……這種重逢的方式到底算什麼啊。

「啊……那個啊，我不是忘了妳。」

小藍的聲音實在太令人懷念，我不由得感到頭暈目眩。

幸好可能是因為剛剛流了太多汗，現在即使與她交談，我也沒有落下眼淚。

自己絕對不想在這傢伙面前哭泣。

因為以前為她痛哭的次數已經夠多了。

「就是因為那個啊……」

小藍把話說了一半，似乎很為難的支吾其詞。

「因為哪個？快說。」

「不過要是講了這個妳大概會生氣，是吧？」

一下那個一下這個，這傢伙未免太忙了。

「在聽到內容之前，我怎麼知道自己會不會生氣？」

況且現在是為了那種事情猶豫的時候嗎？快點說啊！

聽到我如此催促後，小藍玩著頭髮轉開視線。

看在旁人眼裡甚至會覺得有些礙事的一頭長髮也未曾改變。

「我說小芹妳……」

「嗯。」

「……是不是變老了？」

這個疑問化為短短的箭矢，幾乎要射穿我的眼珠。

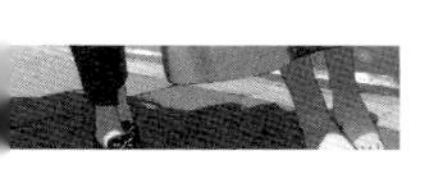

其中沒有憤怒，反而更像是踏空了一段被自己遺忘的階梯。

和這傢伙離散之後，我度過了很長的一段時間，年歲增長的自己理所當然地變成了與實際年齡相符的外貌。可是，眼前的這傢伙看起來卻跟當初一模一樣。

重逢之後，我遲遲沒有注意到這一點。

現在得知對方沒有一眼就認出的理由，我不禁後悔自己剛才不該對她大吼大叫。

「是啊……」

「咦？怎麼沒生氣？」

原本緊張到縮起身子的小藍大概是鬆了一口氣，傻愣愣地放鬆了眼神和嘴角。打那一天起就遍尋不著的小藍如今保持原狀站在我的眼前，怎麼想都覺得不合理。

「妳……」

到底去了哪裡？又做了什麼？不管是哪個問題，我都猶豫著不敢發問。

要是把一切都攤到陽光下，這傢伙似乎會像煙霧一樣消散。

「為什麼會跑來這種地方？」

雖然自己連「這種地方」到底是哪裡都還無法確定。

不過我還是決定跳過很多問題，好好專注於當下。現在，小藍在這裡。

我要先試著理解這件事，理解小藍再度出現在自己面前的事實。

「啊……我本來在追一隻鳥。」

這個聽起來沒頭沒腦卻又能感覺到關聯的理由，讓我的視線和注意力都一起移動。

「鳥……」

「那是一隻很漂亮的鳥，飛在很高的地方。我追了一陣子，後來甚至覺得連自己也可以飛上天空。」

小藍看向天空。無聲的天空裡見不著任何雲朵，而是隨便地塗抹著一大片藍色。從那裡撒下的陽光毫不留情地灼燒我們，甚至讓人產生可以聽見那種聲音的錯覺……也有可能那單純只是中暑的前兆。

「然後呢？意思是妳就飛到這裡來了？」

「可能喔。」

「我明明沒有飛起來，卻莫名其妙來到這裡。」

雖說自己確實也看到了一隻鳥。就在落入夢鄉之前，處於半夢半醒之間。

等我回神時，已經來到這個地方，現在會不會只不過是夢境的後續呢？

假設只是夢境，就算丟著不管，這一切遲早還是會結束。可是……我把注意力放到指尖上。

各種感覺都如此清晰的夢，和現實又有何不同？

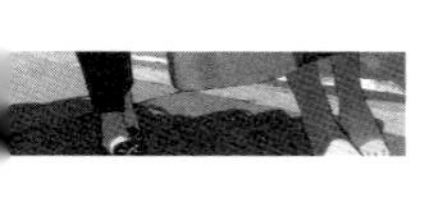

「嗯……這裡只有我們兩個人嗎?完全感覺不到其他人的動靜。」

「是啊……」

不管是空無一人的城鎮還是和小藍的重逢，對我來說都是完全出乎意料的事態，一時實在無法判斷到底要處理哪邊才對。感覺只是一直隨波飄盪，讓人心神不定又坐立不安。

小藍橫向跨了幾個大步，探出身子像是在窺探馬路上的狀況。

「路上也沒有車子。」

「妳還是要小心一點。」

就算目前沒有聲音也沒有車子，萬一突然冒出車子還開了過來就很危險。正常狀況下當然不會發生那種事，偏偏目前的環境想必並不正常。

「這下的問題可不只上班會遲到而已，怎麼辦……」

小藍抱著腦袋原地打轉。公司嗎……我甚至搞不清楚這傢伙失蹤時待過的那間公司目前是否還存在，畢竟二十年的歲月足以讓許多事物如同沙丘般瓦解。但是小藍卻表現出還待在那間公司上班的態度。

這傢伙身上難道沒有時光流逝的壓力嗎?

「小芹的工作要不要緊?」

「我沒有……不，不要緊。」

我差點脫口說出自己目前的狀況，趕緊含糊帶過。某種類似警戒又像是膽怯的感情……

連自己也不太確定的防備意識發揮了作用。不，說不定單純只是無法坦率的面對小藍。

「傷腦筋。真的不行的時候是可以放棄工作，但我無論如何都得回去才行。」

小藍突如其來地自言自語，或許是因為她基於本能意識到這裡不是自己的棲身之處。

「回去」……她到底想回去哪裡？

至少二十幾年前的小藍是和我待在一起，那時候的小藍也確實是她的過去。

現在的這傢伙到底打算丟下家人、公司還有我在內的一切回去哪裡？

小藍乍看之下是個老實的好人，實際上對旁人毫不關心。

連有沒有例外都很難說。

我想自己對於她的這種個性一定是……深感厭惡。

……沒錯，非常討厭。

我沒有做出任何調整，直接把以前每次都會在這傢伙面前擺出的倔強鐵板再度擺上。

然而這東西年代久遠，已經脆弱到似乎會被輕易打破。

「我也要回去……有人在等我。」

一個會因為我看了別人一眼就吃醋的可愛存在。

對現在的我來說，她才是歸宿。

不是妳。

我在心中如此回答，卻又同時轉開視線。

況且基本上，這傢伙根本從來不曾回頭顧及我。

怎麼覺得愈想愈火大。

那是一種彷彿有股怒火在肚子裡悶燒的懷念感覺。

「是嗎？」

小藍咧嘴一笑，嘴邊透出一點傻氣。

這是一如往常的笑容。

也是自己一直關注的對象。

更是從未把我放在眼裡的對象。

時至今日，雙方還是沒有改變。

「可是我不知道要怎麼做才能回去。」

傷腦筋……小藍嘴上這麼說，卻以看起來並不是很困擾的態度環視周遭。她每次轉動頭部，濃密的長髮就會飛舞起來甩過空中，這個動作非常適合現在這種夏天的氛圍。繞了一圈之後，她以帶著期待的眼神看向我。

「偷看。」

不，這樣根本是正面瞪人。

「我怎麼可能會知道答案。」

「我想也是……」

她像一隻雞那樣到處晃來晃去，最後再度找上我提出建議。

「總之我們四處走走吧。」

「也好，反正呆呆站著也沒用……」

而且很熱。雖然衝擊性的重逢分散了我的注意力，但腳底真的快要被烤焦了。

小藍看了一下左右，又試著往前走了幾步，遲遲無法決定該往哪裡走。我思考了一下，最後指著目前面對的方向。過了一會，小藍走回我的身邊。即使看不到，還是可以透過空氣感覺到。

「對了，等一下移動時……」

「嗯？」

「就是走路的時候……」

我感覺好像有一團黑色線頭在耳朵深處不斷打轉。

「麻煩妳站在我的右邊。」

自己提出肯定會讓她覺得莫名其妙的要求。

「噢……好。」

小藍並沒有特別回問原因，而是直接繞到我的右邊。雖說她不解地歪著頭，不過似乎不打算繼續追究。我想這不是因為她心胸寬大，單純只是對我沒多少興趣。

小藍就是這樣的人。

「話說回來，小芹妳的鞋子呢？」

「我沒鞋子。被帶來這裡的時候正在睡覺，所以光著腳。」

「哦，那麼重視真實度啊。」

小藍彎下腰觀察我的腳，我也注意到她今天好好穿著鞋子。

這傢伙在二十幾年前失蹤時，只在車站前留下了一雙鞋子。

結果現在是她穿著鞋，我卻打著赤腳拚命躲到陰影下。

讓我有種頭昏眼花的感覺。

「很燙吧，要我把鞋子借給妳穿嗎？」

「……借我以後，妳自己要怎麼辦？」

「我可以努力跳著走！」

小藍踩出輕快的腳步，看樣子她的下盤還是很強健。

「感覺真的可以做到呢！」

「……妳真的好的壞的都沒變呢，這算是壞的。」

我看了她的腦袋一眼。嘿嘿嘿，小藍不知道為什麼卻一副不好意思的樣子。

「……咦？那好的呢？」

「好在妳臉皮厚到還敢出現在我面前。」

「哎呀？」

雖然彼此正常對話，但我可以感覺到大概有半個腦袋還是沒跟上狀況。對於眼前的所見所聞，自己只是一律照單全收，並未深入思考。雖說這個決定確實出自於我本人，不過充其量只能算是緊急處置。等到冷靜下來之後，終究必須去好好消化理解。

現在就跟沒睡飽一樣，腦袋沒在運作。

……明明自己是在睡午覺時來到這裡。

「就算是妳應該也看出來了吧？這裡是我們的家鄉。」

「我知道，只是『就算是』這部分讓人有點在意。」

我裝作沒聽到。小藍似乎也不是真的那麼在意，她繼續開口說道：

「真令人懷念，我好一陣子沒回老家了。」

她一邊往前走，一邊發表有點悠哉的感想。沒錯，先上了大學後來又直接就業，離開故鄉的小藍確實沒有回來的機會。而且她總是頭也不回地往前奔跑，就像是根本不知道什麼叫

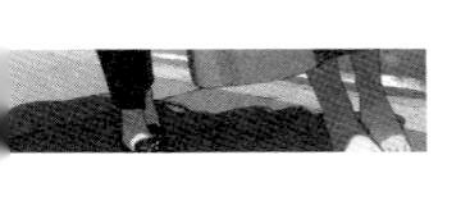

做「回來」。

這樣的小藍如今卻想要回到某個地方，這一點讓我的心情有點複雜。

「我後來一直待在這裡，已經……看習慣了。」

自己在回答前掙扎了一下，有點想乾脆說是看膩了，但是我又不願意正視雙方在時間上的差距。

因為每次把視線焦點放在二十幾歲的小藍身上，覺得這傢伙到底是誰的疑問都會愈來愈強烈。所以我讓她走在右邊而自己盡量面向前方，讓小藍不會出現在視線範圍裡。

這個沒有人也沒有蟬的城鎮裡寂靜無聲，遠方的景象宛如一幅畫。看樣子人類平常似乎是靠著各式各樣的感覺去體會世界的深度。像這種沒有雜質純粹造訪的夏天酷熱，還有小藍正待在自己身邊的事實，都足以讓我產生類似昏眩的感覺。

小藍和我之間的速度有著落差，光是一起走路就能把我甩到後方。每當快要看到她的背影時，我就會趕緊加快腳步。明明以前至少在走路時不需要想太多就能並肩同行，難道是因為那個嗎？年齡差距的影響嗎？一想到這一點，我就打定主意絕不開口提醒她。

「嗯？小芹妳辭職了嗎？」

聽到我說自己一直待在家鄉，小藍似乎覺得很不可思議。我也是在大學畢業以後找到工作，跟她一樣離開這裡。然而到頭來並沒有上班多久，最後還是回到老家。

「那是因為妳……」

突然消失了。

「我？」

「……因為我覺得搭電車通勤太麻煩，後來就繼承了家業。」

先前忍著沒說出口的現狀還是被她得知，不過我起碼爭取到了一段緩衝。

「這已經是很久以前的事情了。」

「很久……噢。」

小藍使勁連連點頭，看起來像是已經理解，但理解了什麼倒是令人存疑。

「後來我悠悠哉哉地睡了個午覺，如今卻作著這種夢。」

「嗯……可是我不覺得這是夢。」

小藍用輕飄飄的語氣如此說道。

「我作的夢都沒有聲音，現在卻可以聽到小芹的聲音。」

「哦？」

萬一不是夢，事情就更棘手了。是夢的話只要清醒就能結束，不是夢的話必須自己找出回去的辦法。可是夢境裡真的都沒有聲音嗎？就算是一般的夢，好像也出現過跟哪個人說話的內容。只是仔細回想，確實那些聲音並不是來自對方，反而更像是從自己內部發出的聲

音。

「如果不是夢的話……」

「的話？」

我等著她繼續說下去。小藍用手抵著下巴抬頭瞪著半空，看到她這副模樣，我立刻放棄原本的期待。

「肚子可能會餓。」

「嗯。」

聽起來是個問題，又好像根本無關緊要，實在難以判斷。

「還有就是……啊，如果能找到那隻鳥再度追著牠跑，說不定可以回去。」

「鳥嗎……」

在雙方時間並不同步的小藍和我之間，似乎只有這隻鳥存在於同一個層次。

我總覺得那隻鳥和現狀沒什麼關係。不，其實有關係，但是該怎麼說？或許並非關鍵。那隻鳥頂多只是一個契機。不管怎麼樣，自己都認定這件事是我們個人的問題。

我一邊走一邊看向天空。

那裡只有讓人無處可逃的耀眼景色。

「這裡離小芹的家比較近吧？」

「是啊，我正在往我家走。」

雖然我不知道小藍是看了什麼地方才做出這種判斷，不過看樣子她確實還有印象。

「到了以後先休息一下吧。」

「是可以啦。」

反正也不知道我們到底該去哪裡才對。而且，說不定姪女也在。

沒錯，一切理所當然般地由姪女正在幫忙看店，我也只是出門散步一趟而已。

至於路上為什麼空無一人，說不定可以用單純只是「巧到不能再巧的偶然」來作為解釋。

然而身旁這個童年玩伴的存在，卻讓這些逃避現實的掙扎全都成了白費力氣。

小藍。想對她說的話明明堆積如山，卻遲遲無法順利表達。

視線也是一樣，能怎麼躲就怎麼躲。

仔細想想，自己是不是從未對這傢伙明確講出心中想傳達的事情？

我就是個膽小鬼。

「……是說，雖然現在才講這句話有點錯過時機。」

「嗯？」

「好久不見了。」

我的口氣非常生硬，宛如只有聲音回到了過去。

而且還盡可能把臉朝向前方，避免對方進入視線範圍。

即使看不到，自己也能感覺到小藍笑著動了動嘴唇。

「妳似乎過得很好，讓我放心了。」

「……說謊。」

明明妳幾乎不會回想起我的事情吧？

我正想開口回問她過得如何，結果移動視線的動作卻讓小藍提早察覺出這個意圖。

「我也很好！」

「我還沒說話。」

最後，我輕輕地笑了。

小芹老家那間茶屋的外觀跟記憶中一模一樣。

正面擺了一張長椅，寫著「甜酒」和「餡蜜」的旗幟微微飄動。有時候明明什麼都沒買，自己還是會坐在這裡仰望天空。

由於回到自家的小芹喃喃說了句：「真令人懷念」，我默默地思考了一會兒。

「很久以前的事情」、「真令人懷念」。

換句話說，如果硬要區分的話，這個「故鄉」或許比較偏向我的立場。既然如此，是不是自己把她帶進來的呢？假使真是那樣，實在讓人萬分過意不去。我抱著歉疚的心情，抬頭看向邊緣已經有些發黑的茶屋招牌。到了現今這個時代，正面的黑色屋瓦不免顯得有些過於浮誇。

「妳先等一下。」

小芹搶先打開老舊的大門，探頭觀察裡面的狀況。我並不清楚原因，但她似乎是想確認一下。

我趁著等待的空檔再度抬頭看向空中，結果還是沒發現那隻鳥。

看來不該對鳥類抱著過多的期待。不過，為什麼要把我帶來這種地方？

能夠和小芹久別重逢是很好，問題是未免晚了十年左右吧？

現在的小芹是幾歲呢？外表看起來像是三十好幾。

我總覺得問這個會讓她生氣，不由得有點猶豫。

「裡面沒有任何人。」

小芹喃喃說道……她臉上的表情混合了像是失望又像是放心的情緒。另外，我還感到一絲絲的不對勁，她現在的樣子和我認識的小芹有哪裡不太一樣。

跟照片擺在一起比較的話或許可以找出答案，只是我轉念一想，覺得還是算了。

雖說我實在不懂這種差異到底是怎麼一回事，不過小芹似乎比我歷經了更多歲月，想必發生過很多事情……各式各樣的事情。她似乎完全無法接受現狀，但我還算是已經適應了。畢竟只要想到我和「她」的關係，多的是各種莫名其妙的狀況。

「小藍，妳先進去，然後拿一條溼毛巾過來。」

芹抬起腳對我發號施令。看到她的腳底，我明白這個指令的用意。

「打擾了～～」

「就說裡面沒人。」

「我是在跟房子打招呼嘛。」

因為自己過去經常跑來小芹家，只要掃去記憶上的塵埃就能立刻回想起廚房的位置。我通過面對外側的走廊，偷看了一下起居室並前往位於深處的廚房，接著迅速找到並弄濕毛巾，這才掉頭跑回門口。看到小芹光著腳站在外面等待的模樣，總有種超乎現實的感覺……因為那是我本人以前做過的行為。

「要不要我幫妳擦？」

我認為要自行站著擦腳應該很困難，於是如此提議。

「不必了，我自己……」

小芹本想拒絕，講到一半卻突然閉上了嘴。

她伸手把似乎很礙事的頭髮往上撥，而後才再度開口：「那妳幫我吧。」

「好喔。」

我接住小芹伸過來的腳，然後蹲在地上。接下來用毛巾包住她的右腳腳趾，從這邊開始擦拭。

「看起來沒受傷呢。」

「是啊。」

位於上方的小芹臉孔因為背對光線，感覺好像又老了幾歲。

這句話要是敢說出口，恐怕她會直接抬腳攻擊我的下巴。

小芹的腳如同被塗上了一層柏油碎片，黏著或黑或白的髒汙。我以類似打磨的動作繼續擦著她的腳趾，進行到腳底之後，或許是因為有些癢，小芹忍不住驚叫了幾次。

每次我都會抬頭看她，她也以不高興的表情回瞪我這邊，恢復成自己熟悉的那個小芹。

「……我記得國二的時候，妳參加過田徑比賽，結果還獲得不錯的成績。」

「咦？噢……對啊，是國二。」

這話題不但突然，我又隱隱約約地記得好像是國三，未免有些遲疑。

小芹瞇起左眼，右眼卻靜止般地毫無變化。

「實際上那是國三的事情。」

「咦？呃……啊，果然是國三才對嗎！」

老實說我完全不記得細節。那時只不過是跑著跑著，成績就擅自被加到了我身上。

「妳是真正的小藍嗎？」

「這……這是怎樣……」

「我懷疑妳不是真貨，因此設了個圈套。」

「噢，原來如此……」

真聰明。好，那我也跟上吧。

「小芹，妳現在還喜歡抹茶冰淇淋嗎？」

改為擦起左腳的我順便提問。依然眯著眼睛的小芹一臉嚴肅地俯視著我，最後緩緩地闔上雙眼。

「不喜歡。」

「妳這傢伙是冒牌貨吧！」

看到我滿心氣憤的模樣，小芹忍不住「噗」一聲笑了出來。

由於她終於笑了，我也滿意地站直身子。

「好，擦好了。」

我把毛巾遞給小芹，兩個人一起進入茶屋。話說回來，結果我還是沒能證明自己是真

貨。

……這種事要怎麼證明？

我跟在小芹的後面移動，最後被帶往起居室。起居室的空間不大，塞兩個人感覺就客滿了。不用說，空氣也既渾濁又悶熱。配合走廊那邊的景色，讓我覺得好像被關在充滿熱氣的玻璃球裡。

即使如此，我還是滿心懷念地看著室內，小芹也以同樣的態度四處張望。

「電視有夠舊！」

她嘀咕了一句，走向放在起居室角落的沙發。那張沙發是胭脂色，表面還散發出新沙發特有的光澤。小芹伸手在上面來回撫摸了好一陣子，最後跳上沙發橫躺下來。

手中的毛巾也在躺下時不知道丟哪裡去了。

「唉，好累。」

她重重嘆了一口氣，把疲勞也一起吐出體外。

「我們沒走多少路啊。」

「這是年紀問題。」

小芹自嘲地笑了笑。既然提到這個話題……我也順勢請教。

「小芹現在是幾歲？」

「妳覺得我看起來幾歲？」

居然丟出如此棘手的反問……只是這種不老實回答問題的態度很有小芹的風格。

嗯～～我看著她伸長的雙腳動腦思考。換句話說，自己並沒有特別在看什麼也沒有在思考什麼。

「大概三十歲左右吧。」

我決定按照第一印象回答。小芹依然沒有把臉轉過來，只有嘴角微微放鬆。

「我就當作這是在稱讚我。」

「嗯。」

看樣子她的實際年齡超過三十歲，彼此之間還真是拉開了不小的差距。

為什麼？

明明我們原本同齡，直到大學時都還並肩同行。

是我成了烏龜，還是小芹成了兔子？

看到小芹打了個大大的呵欠，我開口發問。

「妳要睡覺嗎？反正目前也無處可去。」

這句話不算完全的實話。小芹擦了擦眼角，眼皮像是無法抵抗般地往下掉。

「如果這是夢境……睡著後又會跑去哪裡？」

她喃喃提出這種疑問。

「不知道，但是我會負責叫醒妳。」

包在我身上……我挺起胸如此保證。小芹看了我一眼，立刻又閉上雙眼。

「也對。妳明明整天都傻愣愣的，卻不會睡過頭。」

「哇哈哈哈。」

其實自己不久之前才因為睡過頭，最後不得不和她一起用跑的衝到公司。至於以前跟小芹在一起的時候，或許是我的內心一直充滿焦慮，才會把睡覺當成某種浪費時間的事情。見到那個人之後，這種情緒其實已經消散。

「那……妳要好好叫醒我喔。」

「嗯，晚安。」

小芹張開嘴卻沒有立刻說話，覺得她這樣很像金魚的我靜待後續。

「晚安。」

最後她還是選擇了最普通的答覆，我有點回想起大學時代。

就這樣。

我靜靜等了一陣子。

「妳睡著了？」

「別吵，讓我睡覺。」

「好。」

於是我跪坐著乖乖等待。

「我會馬上回去……」

小芹留下這句如同囈語的發言，看起來真的睡著了。

遠方似乎有一個她非常想見的人。

跟我一樣。

「嗯～～」

我原本躺在地上想要伸展四肢，又立刻放棄這個動作爬了起來。萬一連自己都放鬆警戒不小心睡著，不知道結果會是如何……感覺有點可怕。而且既然要睡覺，當然還是熟悉的地方才能安心。這下我又找到另一個必須回到那棟大樓的理由。

這事先放一邊去，覺得這裡很熱的我在起居室裡東張西望，最後發現一台電風扇。調整好位置並打開電源後，造型有點古老的這台電風扇開始吹出帶著熱氣的風。看著綠色扇葉不斷轉動，這時自己才突然注意到電風扇居然會動的事實。

不過反正這現象不是重點，沒當一回事的我移動到電風扇旁邊坐下，讓偶爾吹來的氣流推動垂下來的長髮。

觀察了一會兒之後，我默默起身，不聲不響地走出起居室，最後來到茶屋的正門口。在夏天的馬路上光腳跑步實在太有勇無謀，因此我穿上鞋子走向店外，開始慢慢往前跑。跑了一小段距離後，對高溫突然感到疑問的我停下腳步，蹲下來用手指按了按地面。

「好燙！」

被柏油路面吸收的陽光確實盡到了職責。這世界真是厲害，居然連太陽都能重現。

我不知道這裡到底是什麼人創造出的世界，只能說人類或許真的擁有無限大的可能性。頗為膚淺的感動一番後，我在陽光下做起高抬腿的動作，當成簡單的暖身。

本來打算乾脆挑戰馬路，又擔心真的有車子突然冒了出來，最後還是決定在人行道上全力衝刺。

我想像出自己正在把平常身上裝備的負重器材一個個拿下的狀況，藉此加快擺動手腳的速度。空氣阻力逐漸增強，我也咬著牙與之對抗。

接下來相當順利，當我感覺到自己的腳步聲飄離地面並逐漸淡去的那瞬間……

那個人突然出現在我的前方。

啊……這瞬間，我感到大腦幾乎一片空白。

自己繼續奔跑，同時伸出手試圖抓住她的肩膀。但是她的速度真的很快，加速度和現實當中我所熟悉的那個她完全不是同一個水準。就算髮型打扮都跟平常一樣，自己仍舊遲遲無

法追上眼前的這個她。懷念感和絕望感一起湧上心頭。

最後我的身體到達極限，才稍微放慢腳步，她立刻消失得無影無蹤。

在這個宛如夢境的城鎮裡，就這樣和幻影相遇又別離。

勉強站立的我感覺到地面還在不斷晃動。只能繼續用雙手撐在膝蓋上，瞪著她揚長而去的正前方。腦中空白一片，無暇理會正在灼燒背部的強烈陽光。

過去，我摯愛的lovelove my lover也是一道幻影。

甚至可說是幻覺，總之就是某種沒有實體的存在。至少自己只能得出那樣的結論，也因為這件事痛苦許久。

只有我全力衝刺時，那個人的背影才會出現在我的面前。

這一次，同樣的現象又在眼前上演。

「我和她的距離果然變遠了。」

這個事實導致陽光扭曲，地面也幾乎崩塌。

一切又回歸從前。我抬頭看著這個世界，不知道自己究竟後退到了何處。

「不……不行，不能這麼悲觀。」

既然跟以前一樣，意思是只要使用過去的那一套就能夠回到她的身邊。以我的程度來說，這算是相當聰明的主意。我曾經拚命奔跑，以全力在人群中穿梭，最後終於抓住她的肩

膀。同理可證，若是自己能再度像當初那樣全心追尋那個人，最後一定能通往期望的方向。

我這個人總是如此簡單明瞭……這次說不定是我人生第一次感謝自己的天性。

總之，我總算大概找到了回去的頭緒。無論何時，她都是引導我的指標。

不過……如果碰觸她可以讓我脫離這個世界，小芹是不是會被我獨自遺留在這裡？

「那樣不行……真的不行。」

就算以前的我動不動丟下小芹擅自跑遠，這次也實在不好意思直接將她拋下。怎麼辦，必須讓小芹也能確實回去才行。但是老實說，這部分的內情只有小芹自己清楚。

小芹說她是在睡覺時來到這裡，所以……說不定再睡一覺然後翻個身打個滾之類的就能回去？我抱著淡淡的期待，步履蹣跚地回到小芹家的起居室。畢竟這趟跑了不少路程，光是要回來都讓人提不起勁。

往起居室裡一看，果不其然，小芹還在裡面，而且也還在睡覺。

「我想也是……」

在她那張已經是成熟大人的睡臉上，既看不出歡喜，也沒有顯現出悲傷。

某一天的國中放學後，我發現走在旁邊的小藍臉上有一道淺淺的痕跡，大概是趴在桌上

時壓出來的。

河堤充滿陽光，距離黃昏還很遙遠。在塗成水藍色的欄杆上，每隔一段距離就豎著一面旗子。那是觀光客增多的時期才會被擺出來的旗幟，由於今天沒有風，再加上梅雨季節特有的濕氣，只見每一面旗子都顯得無精打采，連同隔著河川的對岸也是類似的狀況。

我一邊走，一邊讓手指滑過沿途的路燈。其實自己從未在它們亮起的時間經過這條路。考試將近，各個社團都暫停活動，而小藍和我一樣都是田徑社。我加入至今差不多兩個月，懷疑自己為什麼要加入田徑社的想法目前變得非常強烈。

「明明快考試了，妳居然還這麼悠哉。」

她對我的挖苦毫無反應，只是繼續看著正面往前走。

「妳聽到了嗎？」

「啊，抱歉，我在想事情。」

小藍露出一個像是想敷衍了事的傻笑，看起來根本沒有把我放在心上。

我心裡有一股火氣冒了上來。

這傢伙最近總是這樣。

每天都心不在焉又兩眼無神，於是我開口發問：

「妳在想什麼？」

因為小藍一臉什麼都沒在想的表情，所以我打算故意為難她。

「我在想……人類真的很厲害。」

沒想到她真的有答案，而且規模還很宏大。我不由得露出「妳在胡說什麼」的眼神。

小藍舉起手臂用力揮動，邊走邊繼續回答。

「人類只要在腦袋裡想像一下，就連宇宙的盡頭都能瞬間抵達。」

「什麼？」

「憑著想像力，不管是要瞬間移動到海底，還是要穿越時空到一萬年前，或是要在空中自由飛翔都可以隨心所欲。也就是說，人類的腦袋可以裝下所有自己想要的宇宙，妳不覺得那樣真的很厲害嗎？」

我和小藍是童年玩伴，自然也往來了很久，但是我無法理解她到底是看了什麼想了什麼才會得出某種結論的狀況其實經常發生。畢竟這傢伙上課時都沒有認真聽講而是整天打瞌睡，這下究竟是領悟了什麼真理？

自己想要的宇宙嗎？

其實我對銀河的盡頭和大海的深處都毫無興趣。

反而回想起過去某一天曾躲在被窩中描繪出自己與小藍的理想關係，不由得有些害羞。

一時之間也無法坦率回答。

「是啊，像妳的腦子裡肯定是開滿小花熱鬧得很吧。」

「啊哈哈哈。」

小藍完全不在意我的諷刺，還是很開心地笑了。

然而這個笑容只維持了短短一瞬。話題一結束，小藍又再度朝向正面，接著看向非常、非常遙遠的地方。

彷彿她追求的事物不在這裡而是位於遙遠的另一端。

也像是真的在凝視著宇宙。

只要我稍不注意，小藍似乎隨時會朝著目標奔馳而去。

所以自己總是想要拉住她的袖子，結果卻一直無法辦到。

自己是在夢裡又作了另一個夢嗎？

小藍推著我的肩膀，讓我從淺眠中清醒過來。然而醒來之後卻發現她還待在身邊，讓自己產生了某種奇妙又扭曲的情感。真不希望剛醒來就得承受如此不暢快的感覺。

「小芹～～」

「我醒了。」

她那種拖著長音的叫法反而讓人提不起勁，一不小心就會再度睡去。

我感覺到似乎是來自電風扇的微風，接著睜開眼睛坐起身子。

「我睡了多久？」

舉起手把瀏海往後撥的我隨口發問。

視線角落可以看到小藍正在尋找時鐘，還看到她最後放棄了。

「還滿久的？」

「我說妳啊，哪有人被問了時間卻……」

我正想吐槽她兩句，額頭卻突然遭受宛如針扎的衝擊。

自己一時無法掌握這種感覺的真面目，因此動作和發言全都停了下來。

「小芹？」

總覺得有哪裡不太對勁。

來自眼前的異樣感也遲遲無法抹去。為了查出這種感覺的來源，我稍微移動視線。

視線……………………眼睛？

是眼睛。

我的眼睛不正常。

不，應該是正常？算了！這到底是怎麼一回事？就如同感到有一塊布黏在臉上無法除

去，我滿心焦躁地拋下一句話。

「我的右眼看得見。」

視野變得十分開闊。這種被我遺忘許久的景色延伸，讓人產生宛如內臟位置發生偏移的困惑感。要是稍有鬆懈，甚至會陷入一種彷彿意識從後腦脫離並看著別人的錯覺。

「右眼看得到了。」

我看著小藍，像是在對她切切傾訴。然而小藍卻只是滿臉詫異地張著嘴。

「噢……」

這種不當一回事的反應讓我忍不住想對她大發雷霆。

「小芹，妳的視力受損過？」

「不是那樣……」

我直到現在才回想起自己沒跟小藍提過這件事，難怪她無法體諒我的感受。

即使如此，心裡還是莫名惱火。

覺得自己明明如此焦慮，她怎麼可以置身事外。那是一種自我中心的怒氣。

我看著不斷顫抖的手指，想辦法控制住一片空白的大腦，促使它維持機能。

這顆眼睛是誰的眼睛？

甚至基本上，自己真的是靠著眼睛來看清事物嗎？

即使用手遮住左眼，還是理所當然地看得到前方景色。

接著，我感覺到背後竄起一股寒意。

已經不可能看見的右眼恢復了功能，換句話說，這裡的狀態正在遠離我的現實。不，真的是那樣嗎？雖然自己暫時斷定出這種結論，然而實際上又是如何？問題是如果並非那樣，我實在想不出其他可能的理由。我放下遮住左眼的手，感覺到自己正在不斷地冒著冷汗。

不可能存在的東西盤踞在自己的臉上。

無論如何，這個事實都讓我感到極度不舒服。

「小藍，雖然我真的很不想拜託妳做這種事情……」

「什麼事？」

「希望妳可以幫忙弄瞎我的右眼。」

「啥？」

用剪刀就可以了……我從沙發上跳了起來，跑向櫃子尋找放在那裡的剪刀。一切正如記憶，那東西放在櫃子的第二層，深藍色的刀柄和冰冷的銀色刀刃都讓人留下了深刻的印象。

我抓起剪刀想轉交給小藍，她卻表現得相當畏縮，而且還連連後退。

「這種事情我實在有點……」

她的腦袋跟雙手一起左右搖擺，嘴巴還重複說著：「Nononono……」

「不，我辦不到。雖然我不明白究竟是出了什麼事情，反正不行就是不行。右眼是什麼意思？某種比喻嗎？」

「那算了，我自己動手。」

「咦咦咦？」

小藍大吃一驚。但是不知道為什麼，我總覺得她的態度很隨便。

這傢伙一直都是這樣。總是那麼的輕率不羈，面對一切都滿不在乎。

「這是為了貼近我的現實。」

「好了妳先等一下，先給我說明清楚才行。」

我一聽就發現小藍是在模仿國中時期的某位老師……唉，她就是這副德性，我不由得滿心不以為然。

「因為我的右眼本來是看不見的。」

依然手握剪刀的我簡潔地做出解釋。

「咦？」

「我後來失明了……和妳分開之後才發生的事情。」

當然，我省略了詳細的過程。畢竟那不是什麼聊起來會讓人感到愉快的事情，現在也沒空多說。小藍認真地觀察起我的右眼，我的視線範圍裡也只剩下她。年輕的她、離開的她、如此靠近的她……我感覺自己的腦袋快錯亂了。

「一定很辛苦吧。」

「……也沒什麼。」

雖然當初非常的痛，倒也只有那樣。自己失去了右眼，不過得到了其他事物。

當時得到的事物，現在對我來說是意義非凡的存在。

那個意義非凡的存在不在這裡，而且也不熟悉我的右眼。

「雖然我不太懂……可是在這裡，妳的右眼恢復了視力吧？」

「……嗯。」

我甚至認定這個狀況非常噁心。

然而小藍她偏偏……

「既然恢復視力……一開始的感想不會是太棒了之類嗎？」

聽到她的主張，我完全無法壓抑翻騰的怒火。

這傢伙太積極正面了。

永遠只會注意前方。

為什麼不偶爾回頭看看我！

「妳知道嗎，我在失去右眼之後，也一直活到了現在！」

我感覺這段歲月都遭到小藍輕易否定，語氣不由得激動了起來。

因為過於用力，握著剪刀的手指關節傳來削骨般的疼痛。

「發生了很多事情……各式各樣的事情……」

自己煩惱過、悲嘆過、歡笑過。如今這一切全都遭到無視，只有右眼回到了二十年前。要是再這樣下去，感覺連我本身的二十年歲月也會化為烏有，被迫回頭去面對過往的回憶。

我非常害怕那種假設會變成現實，因此不由自主地發出了其實沒有必要的激動吼叫。

「而且基本上！妳根本和幽靈沒兩樣！明明早就消失了！明明一直都不在！為什麼又出現在我面前！既然是幽靈，肯定很快就會再度消失對吧！丟下我消失！為什麼啊！正常人會那樣做嗎！」

幾乎要破裂的喉嚨裡，發出了自己二十幾歲時的聲音。

「明明什麼都不做！到底是怎樣啊！就算待在我身邊！也什麼都沒有！我一直！一直很

想得到什麼表示！妳怎麼沒看出來！不對！妳是看出來了卻裝傻吧！妳其實明白吧！就算是妳也看出來那點小事了吧！就算妳是個笨蛋也知道吧！呆子！呆頭鵝！」

內心每次短暫嘶吼，我的腦中就噴出灼熱的液體。

那些液體代替了淚水，從我的雙眼中不斷落下。

「妳說點什麼啊！說了以後再滾到別的地方去！為什麼……為什麼妳什麼都不說……雖然說了以後我會生氣！我承認我會生氣！但是……算了！真是夠了！妳走啊！快走！我叫妳走啊！」

自己居然叫小藍走。

這並不是我的真心話，而是來路不明的感情。

到底是誰說出了這種話？聲音聽起來跟我非常的相像。

小藍像是理虧般地轉開視線，靜靜地說了聲「對不起」後站了起來。

「嗯，我明白了。總之……我先回自己家。」

我家應該還在吧？她尷尬地笑了笑。

就像是顧慮到我一樣，態度非常平靜。

自己立刻看穿這傢伙其實是打算逃走。

每次談起正經事，她總是馬上用出這一招。

畢竟我和這傢伙已有一定交情，至少足以理解這種事情。

小藍也一樣，明明她應該也能看出我並不是真心想講出那些話。

……真的嗎？她真的明白嗎？

連我都無法確定自己到底是不是真的不希望那樣。

因為和小藍在一起會讓我感到痛苦，這一點千真萬確。

現在的話還來得及挽留她。

要不要追上去也可以自由決定。

可是我卻一動也不動，還鬧彆扭似的把臉轉開。

只在心裡期待小藍會主動為我做些什麼，這種行為跟小孩子沒兩樣。

結果小藍卻毫不猶豫地準備離開，不過她在動身前突然開口問我。

「我大概已經找到回去的辦法了，小芹呢？妳回得去嗎？」

「……不知道。」

我老實地說出洩氣話。目前推論只要毀掉右眼大概會有什麼變化，但是自己真的能辦到嗎？

畢竟現在的右眼已經能看到了。

冰冷的風吹進剛剛基於一時衝動就拒絕小藍發言的大腦。

「這樣啊。」

小藍只說了這麼一句話，隨即轉身離開。不久之後，外面傳來「不好意思打擾了」的招呼聲。

聽到這句話，我抬起頭來，對著想要追出去的自己罵了聲「笨蛋」。

明明在走到這個地步之前，還能找出其他更多辦法。

「笨蛋！笨蛋、笨蛋、大笨蛋！」

到頭來，自己卻總是這樣。

一旦待在小藍身邊，看起來像是在做著我想做的事情，實際上卻完全無法變得坦率正直。

「我到底在做什麼……」

想都不用想，根本什麼都沒做。

我用力按住右眼，掌心的黑暗中浮現出二十歲的自己。

從未改變的幼稚與失敗正在互相痛罵與嘲笑著彼此。

回到老家之後，我發現自己的床鋪很理所當然地被處理掉了，因此只好跑到起居室裡把

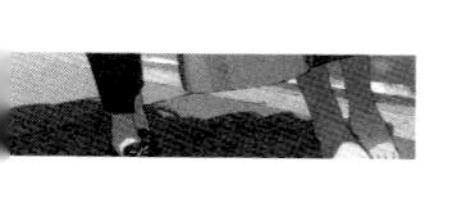

坐墊當成枕頭，躺在那邊無所事事。透過轉動的電風扇，可以看到夜色更加深沉。結果，今天似乎還是沒有機會回到那個人的身邊。我不由得有點擔心，不知道她是不是也在擔心我。只是人的心理總是那麼複雜，到頭來我還是希望她多多少少能為自己掛念。

順便說一下，由於大門上了鎖，我被迫背上侵入住居的罪名。這是自己第一次刻意打破窗戶的玻璃，不由得有點心跳加速。別看我這樣，其實一直都活得相當堂堂正正，在惡事方面沒有多少經驗值。

我打開一盞小燈，在昏暗的光線中躺下後，似乎就連熱氣也沒那麼讓人在意。

自己愣愣地望著天花板，開始思考兩個問題。畢竟我沒有聰明到可以顧及那麼多方面，所以只有兩個。一個是那個人的事情，另一個是關於小芹……讓小芹獨自在家真的沒問題嗎？

假如就跟自己必須奔跑一樣，小芹也必須毀掉她的右眼才能回去，這種條件未免太過殘酷。就算她拜託我代為動手，自己也實在沒有辦法做到。況且基本上，失去右眼是什麼樣的感覺？

我用手掌蓋住右半邊的臉孔，就這樣開始東張西望。

「……………………」

結論是一種發現自己看不到的感覺……我這時才回想起自己的語文成績向來不怎麼樣。

如果我成功回去，小芹是不是會孤零零地待在這裡？

那樣不是辦法，要不要乾脆讓小芹也一起跑？

「太勉強了嗎……」

萬一小芹絕對無法離開這個城鎮……到時候該怎麼辦？

我覺得這部分要是自己一個人做出結論，肯定只會得出某種一廂情願的答案。

所以我打算明天再去跟小芹溝通。

由於有了結果，小芹的事情到此告一段落。

接下來要研究關於「她」的問題。

這次同樣必須碰觸到她。上一次的我為了順利靠近，選擇的辦法是利用人群。因為幻影般的她在跑步時總是很講規矩地避免撞到其他人，所以我利用這種細微的差距來縮短了彼此之間的距離。問題是這一次的路上空無一人。

我必須想出其他辦法才能伸手去觸碰到她的肩膀。

「大聲喊著我愛妳之類能不能讓她停下來呢……」

我夢想著這種偷懶的解決辦法，還嘿嘿笑了兩聲之後才突然想到一件事。

「……啊，不對，其實有人。」

那就是小芹。只要請小芹幫忙，說不定能有什麼辦法。前提是她願意幫忙。

她這次似乎非常生氣……不，其實我覺得她從以前起就總是都在生氣……不過到底會如何呢？即使如此，我還是想相信自己在這裡和小芹重逢的事實一定具備了某種意義。

小芹會站在我這一邊嗎……不，不對……她根本不屬於什麼敵人或同伴之類……小芹是我的朋友，也是自己在家人之外喜歡上的第一個外人。這種形式的好意大概並不符合小芹的期望，但是這樣的順序就算是那個人也無法超越。

自己恐怕深深地傷害了這個朋友。

時間能治癒她的傷痛嗎？

對我而言，和小芹別離後已經度過了不算短的時間，季節也輪替了好多次，和「她」相遇後更是歷經了相當長一段時間。任何一段時間都沒有明確的數字，只能算是相當籠統。

雖然一直沒有正視這個事實，然而實際上，自己似乎一直待在奇怪的世界裡。

對於活在現實裡的人來說，執著於那個世界的我或許真的跟幽靈沒什麼兩樣。

小芹一定沒有說錯。

「不過，我還是要前往錯誤的那一方……」

我沒想到自己能在這種狀況下講出這句一直很想說說看的台詞。

嘻嘻嘻……我滿意地閉上眼睛。

小芹，我的選擇確實錯了。

所以我希望小芹妳能夠與我相反，順利回到正確的地方。

高速移動的線條製造出無數種顏色的圓圈，又如同糖果一般逐漸融化。

後悔、憤慨、掛念、回顧、麻煩。

各式各樣的情感滿溢而出，互相碰撞衝突。

時鐘的指針繼續移動，我卻完全沒有睡意。時間是不是也跟著指針前進呢？那樣一來自己等於是突然從沙發上消失，姪女想必非常著急。說不定她還會認為這是出了什麼大事，然後跑去報警。我一想到回去以後必須說明跟處理的各種狀況，就覺得完全提不起勁去應對，連帶著心情也有點低落，甚至懷疑自己是不是真的一定要回去才行。

我舉起手擋住右眼又立刻移開，結果當然還是看見，於是閉上雙眼。

和小藍重逢後，自己到底在做什麼呢？

其實我原本並不想那樣大發脾氣。好不容易再次相見，自己卻表現出一如往常的彆扭態度。這樣一來，我根本沒有好好理解這種莫名其妙的現象突然發生的意義。

其中應該隱含著什麼意義才對，因為無論什麼事情都有意義。

是為了見到小藍，所以才會一直只有我們兩個人在這個鎮上？

我想不是。如今的我並沒有追求那樣的未來，小藍也不會因此幸福。
而且，小藍大概明天就會試著返回自己的歸宿。
就算失敗了，她也會不斷挑戰，彷彿是要奔向青空的盡頭。
對現在的我來說，或許有機會選擇跟上她的道路。
明明小藍在身邊時總控制不住焦躁情緒，見不到人卻又會感到不安。
擔心那傢伙是否已經獨自離去，只剩下自己孤獨一人。
「…………………………」
我忍不住思考在那傢伙的世界裡能不能見到姪女。
依然閉著眼睛的我直接彎起手指計算了一下，很快發現沒有機會。
小藍活在二十幾年前的世界裡，而我這邊的姪女還是高中生，當然不可能存在。
沒有機會……我再度對自己強調。
既然如此，自己該採取的行動只有一個。
「沒問題……」
我已經承受過一次失去的事實。
再來一次想必也能辦到。
為了安撫有些原地踏步的心臟，我多次做著深呼吸。

就這樣……

明明因為睡不著而在深呼吸的途中張開眼睛，回神時卻發現天色已經亮起。是自己不知不覺睡著了？還是時間發生了跳躍？我思考了一下，覺得兩種情況其實都沒有什麼差別。於是我撐起再躺下去可能會在沙發上生根的身體，只見外面的天空染上了色彩，宛如紫色的波浪。

讓意識接受緩緩升起的朝陽照耀後，可以感覺到大腦也逐漸清醒過來。在這個什麼都沒有的城鎮裡，如果說想要上哪裡去，當然只能去找小藍。好，去見她吧。

我確認了一下鞋櫃，裡面都是自己二十年前的鞋子。拿起其中一雙比較中意的鞋子後，我又回想起當初來到這裡時的狀況，於是把鞋子放了回去。最後我只帶上剪刀，就這樣打著赤腳走出家門。

畢竟夜晚才剛過去，除了質感比較特殊，在人行道上光腳走路並沒有什麼問題。由於地面相當粗糙，我決定跨著大步前進。雖然以不協調的姿勢隨便走了沒多久就讓自己氣喘吁吁，我還是繼續採用這些誇張動作。

小藍她家距離我家不遠，不消多久已經到達。明明過去以小孩子的腳程總是需要令人心焦的時間。

我繞過圍牆走到正門前方，看到小藍在院子裡進行類似收音機體操的運動。

她還在這裡的事實讓我偷偷地鬆了一口氣。

「啊，小芹，早安。」

正在跳來跳去的小藍很快注意到我。我發現她背後的光景顯然不太正常，於是先針對這部分提出疑問。

「妳家的玻璃怎麼破了？」

「我身上沒鑰匙。」

妳就當做沒看到吧……小藍笑著說道。反正這是她家，被抓到大概頂多也只會被痛罵一頓。而且小藍她……至少小藍那邊看起來似乎完全不受昨天那件事的影響。既然如此，我這邊也照舊……不，再照舊或許不太妥當。

不過，我還是忍不住想抱怨這傢伙幾句。小藍她從來不曾反過來對我發脾氣。

我想大概是因為對她來說，關於我的事情……

無論好壞都算是她無暇顧及的雜事吧。

小藍結束彈跳動作，換成另一種運動。

「所以妳這是在做什麼？」

「我在熱身。」

看到忙著進行屈伸運動的小藍，我知道這一定是因為她準備要去奔跑了。

以前的我真的非常討厭小藍一大早就去跑步的身影。因為這傢伙明明平常都傻愣愣地不知道在看什麼，卻只有跑步時會專注地凝視著某個目標。

我一直很想占有那樣的視線，也一直希望她能看著自己。

「小芹，我要回去了。」

「……嗯。」

現在，小藍正是以同一種眼神對我發出宣告。

我可以感覺到內心逐漸失去水分，變得乾燥僵硬。

可是……自己轉念一想。

起碼這次，她還知道要先打個招呼再離開。

說不定小藍那邊也多多少少抱著一些想法。

「小芹妳確定回得去嗎？不行的話我可以等妳。」

而且她竟然還學會了等待。為了掩飾對自己昨天失控行為的尷尬，我故意表現出很驚訝的態度。

而且看小藍表現得如此體貼，只能說不愧是社會人士，和已經脫離常軌的自己完全不同。

真要說起來，過去比較敷衍隨便又總是半夢半醒的小藍繼續當著上班族，反倒是我悠悠

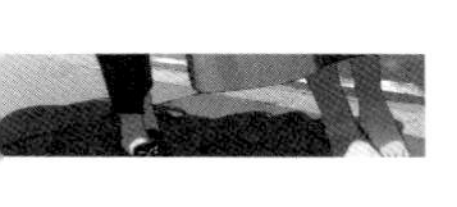

哉哉地繼承了家業……當初有誰能想像到會是這樣的發展？
未來充滿了不可預測。
然而一旦待在這裡，就只會剩下既定的未來……自己果然還是不願意那樣。
「我也打算回去了。」
因為姪女還在等我。
「隨便妳想追到哪裡就盡量去追吧。但是我不一樣，我會封鎖這條路然後回頭。」
為了這個目標，我要摧毀夢想。打從一開始，追尋夢想的小藍和自己各自該回歸的棲所就位於完全相反的方向。
「這就是小芹妳的答案嗎……嗯，也好，我可以為妳加油。」
不過沒辦法實際幫忙……小藍看起來極為畏縮。
「不，我本來就不指望妳。」我搖了搖頭。
「比起這事……」
「比起這事？」
比起這事，應該另有其他更想表達的話語。
畢竟這次恐怕會成為真正的最後一面。
我感到大腦和雙眼都在發熱，思緒也逐漸融化。

「最讓我生氣的一點，其實是妳見到我的時候居然沒有立刻認出來是我。」

明明這句話不是事實，謊言卻輕易地脫口而出。

「啊……那是因為……對不起。」

明明她沒有必要道歉，現在卻被迫向我低頭。

不對。

不是那樣。

「雖然妳的時間和我這邊的流速完全不同，我也不知道妳平常究竟待在哪裡……但是，我要妳好好記住我。」

只有像這樣拐彎抹角，含糊其辭，掩蓋真心，自己才有辦法和小藍互相交流。

然而不管前面再怎麼斟酌煩惱苦思甚至繞起遠路，一旦在最後迷了路，依舊等於一切白費。

「要我好好記住……是嗎？」

小藍打開手掌，默默看了一會兒。

「好。」

她從被打破的窗戶回到屋內，跑進去之後又很快回來。

手上多了一支油性簽字筆。

用那隻油性簽字筆在手掌上寫了些什麼之後，小藍對著我展示她的手。

在她的大拇指根部附近，用平假名寫著大大的「せり」（註：「せり」就是「芹」）。

「這樣就不會忘記了！」

這種小學生等級的記憶手段讓我相當傻眼，與此同時，文字的尺寸卻莫名奇妙地打動了我的內心。

「那一下子就會消失了。」

「消失就再寫一次！」

她得意地展示拿在手上的簽字筆。

「要是那樣做，我的名字會留在妳身上一輩子。」

「聽起來也不錯啊！」

看到小藍笑得如此無憂無慮，我心想這傢伙大概沒在用腦袋思考。

話雖如此，還是讓我有一點點……覺得差點心滿意足。

「……我說妳啊，用平假名是擔心會寫錯漢字吧？」

「哦哦！正確答案！」

小藍啪啪拍起手來，接著又低頭看向自己的掌心。

「感覺有點單調，再寫上摯友forever好了。」

「別再想盡辦法弄得更廉價了。」

真是個沒正經的傢伙……我忍不住笑了起來。

總覺得這次的笑聲似乎比往常更加輕快自由。

「對了，我回去時必須麻煩妳幫個忙。」

「要我幫忙啊……」

「好了好了，我再慢慢跟妳解釋。」

小藍繞到我的背後，開始推著我前進。如果是以前的我肯定會立刻反抗，甩開她之後確實靠著自身的雙腳往前走。但是這一次，我只是默默地感受著小藍手掌的溫度。

「再努力一點。」

「好的～～」

我們有時拖著腳有時使勁推，兩個人胡鬧了好一陣子。

不過等到太陽完全升起並開始俯瞰大地時，我就老實地自己走路了。

在小藍的引導下走向大街的途中，她像是想到什麼般地突然開口說道：

「對了，等妳回去之後，可以幫忙跟我父母說一聲嗎？說我對不起他們，但現在過得很好。」

居然拜託我處理這種棘手事。只是既然小藍並沒有漠視自己的父母……不，實際上有，而且一整個自我中心——算了，看來她總算沒有忘記父母，所以我點點頭答應代為轉達。

「知道了。我得先想好一套講法，才能說明是怎麼見到妳的。」

我不認為自己能編出什麼高明的說詞，到時候很可能會被對方當成是滿口胡話。

「啊，對喔……抱歉。」

「沒關係，反正妳也不是到了現在才開始給我添麻煩。」

老實說，我從來不曾覺得那是一種負擔。

不管是一直待在圖書館裡等待小藍的社團活動結束，還是在大學等待小藍上完不同的課程，或是成為社會新鮮人後等待小藍下班回來……雖然自己總是在等待，但是並未因此感到痛苦難熬。

我想大概是因為有著遠比那些更辛酸許多的事情，所以我已經麻痺了。

大街距離小藍的家並不遠，這段不算遠的路程即將成為我和小藍之間的最後一段時光。

自己一方面為了一步步逐漸減少的期限感到又是焦躁又是困惑，一方面不由得看向遠方。

原本以為再也沒有機會和這傢伙共處，卻透過某種不明的契機而獲得了如今的因緣。

自己該懷著什麼樣的情感繼續走下去呢？

我想這一次，必定會成為彼此最後的訣別。

畢竟小藍會死，我也會死。因此，生離即是死別。

就算心中早已有數，也不等於能夠做出什麼特別的行動。

明明雙腳和內心都在顫抖，卻沒有任何東西溢出灑落。

或許，面對死亡卻自認還有辦法的念頭本身就是狂妄自大的表現。

我跟著小藍一起來到大街上，過去我們經常一起沿著這條路前往學校。

沒想到有朝一日，居然還能跟當時一樣眺望著眼前的這片景色。

明明這是一種奇蹟，卻因為規模過於龐大而覆蓋住整顆心，壓抑了心跳的躍動。

「那個，關於我想找妳幫忙的事情……就是要麻煩妳先躲在圍牆後面或哪個看不到的暗處，等到我發出信號後……」

小藍往後退開一段距離，踩著輕快的腳步跑了過來。她似乎是在計算步伐的寬度，最後根據結論繼續給予指示。

「先等五秒再衝出來。」

老實說自己完全不懂這種行為有什麼意義。我認為只會導致自己被小藍撞個正著，然而當事者看起來非常認真。我看著她寫在手掌上的名字，最後點了點頭。

「五秒嗎，知道了。」

我模仿她舉起手來並張開五根手指，接著緩緩地搖晃手掌。

小藍看到我的動作，一臉不解地也跟著照做。

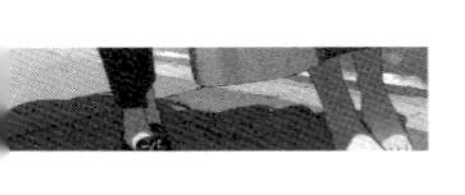

掰掰。

「那就拜託了。」

最後她只留下這句平淡到好像是在交待誰該負責早餐的發言，隨即展開行動。

不帶任何猶豫，也沒有絲毫不捨。

真讓人不爽。

自己還站在原地的期間，小藍已經離我遠去。

這次真的是永遠不再相見。

其實也不要緊。不，老實說或許根本不能算是不要緊，但還是不要緊了。

比起繼續糾結那種事情，現在更應該好好看著她。

再也沒有轉圜的餘地。必須抱著如同從懸崖上一躍而下的心境，截斷一切後路。

就這樣，好好看著小藍。

「永別了。」

某種雨滴一般的物體流過我的唇邊並繼續往下滑落。
物體通過之後，冰涼的情感隨之滿溢而出。
那樣舒心，沿著肌膚滑落後微微顫動，又帶來一些落寞。
這種溫度充滿了我的內心以及臉頰的內側。
「永別了，小藍。」
過去的我一直無法坦率地表達想法，結果第一次說出口的卻是別離的話語。
小藍回過身子，一如往常地換上柔和的微笑。
「謝謝。」
我不知道這句話是針對什麼事情，只是可能的答案還算不少。
其實小藍也是以另一種形式拒絕與我正面相對，而且說不定她直到最後都堅持著這種態度。實在是個自我中心到極點的初戀對象，真虧自己可以撐那麼久都沒有清醒。
不過……算了，我覺得「謝謝」也很好。
很有小藍的風格。
我想自己正是受到那種風格的吸引。
比起原地停留，還是展翅飛翔的模樣更能讓人接受她就是宛如飛鳥一般的存在。
所以，長年以來我都以目光追逐著她總是翱翔而去的身影。

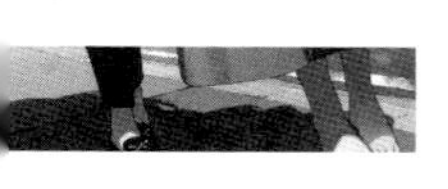

已經拉開一段距離的小藍舉起手臂，我也按照她的交待躲進了建築物的後方。

「我要出發了！」

結果她立刻展開行動，逼得我只能慌慌張張地開始讀秒。這傢伙未免太性急了吧，真的那麼想回去？不對，要是數得太快應該不行吧……彎著手指的我有點驚慌失措，也有點搞不清楚到底該在什麼時候衝出去才對。最後我在混亂中決定放棄倒數，憑著聽到的聲音和「長年交情」這種實在靠不住的根據，選了個時機並衝進夏天的街上。

自己跨著大步就像是要躍上半空，還張開雙手宛如展開羽翼。

果不其然，我看到正在往這邊衝刺的小藍。明明再這樣下去彼此會撞在一起，她卻完全沒有減速的打算。接下來小藍像是對什麼做出了反應，突然俐落地往左邊踏出一步。

這段過程中，她的視線完全沒有放在我身上。

這傢伙真的是……直到最後，還是讓我感到滿心的不以為然。

當小藍從旁錯身而過時，我的右眼捕捉到她的側臉。

只見她咬緊牙關，拚命地把右手往前伸。

於是，維持著這股衝勁的她從我的眼前消失無蹤。

「…………小藍。」

我自然而然地閉上了右眼。

就這樣，再度消失的小藍只在空中留下一道光輝燦爛的風之軌跡。

頓時覺得胸口一片空空蕩蕩。

我一時無法順利呼吸，連指尖都因為缺氧而開始發麻。

「……不要緊。」

既然曾經失去過一次，那麼第二次……一定也能夠再熬過去。

沒錯，相信一定可以。

之後，我注意到小藍遺留在起跑地點的東西，忍不住笑了出來。

那傢伙怎麼又來了。

完全沒有成長，說不定一輩子都不會進步。

不過，如果能讓我的名字永遠留在她身上的話……

其實那樣倒也不錯。

「我喜歡妳，真的好喜歡妳。」

因為小藍已經前往遙不可及的遠方，自己總算能夠如此坦率地說出真正的心意。

我這個人怎麼能笨拙至此呢？

我舉起了剪刀，看著刀刃的前端，手指也不由得微微發抖。

萬一這個辦法行不通，到時候……對了。

我會訴諸於愛的力量，四處奔走，即使花上一輩子也要回去。

也會試著像小藍那樣去拚命追尋。

追尋那對願意注視我的眼睛。

我抬起頭，剪刀的兩片刀刃在金色的陽光下發出耀眼的光輝。

看到刀面上映照出緊閉著的右眼，我忍不住輕輕笑了。

「我終於理解來到這裡的意義了。」

那是一場小規模的奇蹟，讓小藍成為這隻眼睛最後看到的景象。

我一邊感謝奇蹟，同時也為了結束這場夢境而動手劃下了直線。

眼前是一片彷彿一望無際的蔚藍天空，而我感覺到自己……正在從角落往下墜落。

當我回過神時，發現自己站在熙攘的人群中。

人類製造出的雜亂聲響不斷來來往往，像是要衝擊我的肩膀。伴隨著指尖的麻痺感，許多感覺依序逐漸恢復正常。世界從四個角落開始逐一歸位拼組，最後搭建成形。

曾經失去的景色和天空在眼前豁然開展，彷彿相互毗鄰。

難道自己是在人群中作了一場白日夢嗎？

可是我的腳底傳來灼熱的感覺，而且還不時陣陣生疼，足以證明先前確實一路奔馳至此。

「嗚喔。」

自己居然打著赤腳，出門時穿在腳上的鞋子不知道跑哪裡去了。

我低頭默默看著裸露在外的腳趾，又趕緊確認左手的掌心。

「……嗯。」

那不是一場夢。就算是一場夢，自己也不會當作從未發生過。

因為我確實收下了無論如何都不能遺忘的事物。

「怎麼了怎麼了，妳不要緊吧？」

伴隨著這句問話，我的肩膀被人抓住，嚇了一跳的我回過身子。

「啊……」

原來是已經在車站前面分頭行動的她很慌張地又趕來我的身邊。

「她」在這裡。

閃耀著藍色光輝的風奪去了殘留在自己內心的所有不安。

「啊？」

「啊……呃……愛妳喔！」

我在情急之下，一句直率的表白脫口而出。

「謝……謝謝！」她有些不知所措，隨後帶著困惑接受了我的心意。

「嗯，我很開心。」

「那……那就好。」

雖然有點各說各的，不過我相信總算是延續了對話。

這時的她或許已經比較冷靜，臉上恢復成柔和的表情。把手掌靠在額頭上擋去煩人的陽光後，她開口對我說道：

「我看到妳一直站著不動，所以擔心妳是不是頭昏還是出了什麼事。」

「啊……嗯，沒事，我好的很，健健康康！謝謝妳。」

為了證明自己真的沒事，我還當場輕快地跳了幾下。這時她「啊」了一聲，注意到我的雙腳。

「怎麼又光著腳了？」

「這個嘛……哈哈哈！」

我倆第一次見面時，自己是個光著腳抓住她肩膀的可疑分子。現在回想起來甚至覺得有點懷念。

「妳的鞋子怎麼了？」

「呃……被我丟下了。」

丟在一個很難解釋的地方。

「不是放在家裡？我記得妳出門時有穿鞋吧？」

「呃……對。」

我非常煩惱，不知道要怎麼解釋才能讓她接受。面對這種難以理解的事態，她眯起眼睛略為沉吟，似乎是在猶豫到底該如何妥協。這下真的傷腦筋了，我不擅長也沒辦法編造出合理的謊話，但是照實全盤托出也一樣充滿疑點。話雖如此，繼續保持持沉默則是會讓自己永遠都是個打赤腳的怪人，完全無計可施。

只有依附在腳底的熱度開始緩緩變質。

就像是原本可以從拇趾根部去感受到的過往路程正在逐漸淡去的感覺。

我正在集中注意力想要陪伴這些變化走完最後一程，一陣風突然從背後吹來。自己的一頭長髮在兩人之間狂亂飛舞，彷彿是為了重現出風的軌跡。偶爾打在臉頰上的乾燥髮絲帶來一些刺痛感，然而從頭髮和肌膚之間循隙而過的這陣風卻讓人感到溫暖又舒暢。

和吹進那個「故鄉」裡的風有著相同的氣息。

她看著我失去控制的滿頭亂髮，輕輕地笑了。

「妳這個人真的就像是一陣風。」

「咦，我那麼帥氣嗎？」

「不，我不是那個意思。」

「哎呀呀。」

「因為我覺得妳總是會慌慌張張地趕到我身邊，將某種情感吹進我心裡。」

不管是這番話的內容本身，還是她當下的表情。

都讓我感覺到雖然遲了一會兒，她卻以出乎意料的優美形式回應了我之前的愛情表白。

「這是情感豐沛的情緒化表現呢。」

「快把它忘了。」

即使我心裡認定辦不到，表面上還是點了點頭。不過這種技倆似乎早被看穿，她的眉毛有點往上抬起。

「我真的什麼都忘光光了！」

「那樣好像又有點寂寞。」

「分寸很難拿捏呢！」

「算了，也沒關係。」

看樣子她在這句話後放棄思考，接著拿出一條手帕幫我擦了擦臉頰和額頭。

「妳未免流了太多汗。」

「實在惶恐。」

我想妝容之類的大概都毀了，只是現在還計較那些根本沒有意義。

「這是因為我竭盡全力地跑了一趟。」

為了與妳相遇。為了達成這個唯一的目標，我超越了現實、時間、奇蹟，以及其他類似的一切。也沒有必要去思考這裡到底是哪裡，這裡就是自己可以和她共處的地方。

從過去到現在，再從現在到未來，都是我持續追求的唯一夢想。

「就算只有一下子也好，我想和妳活在同樣的時間裡。」

而且，要比太陽和月亮更加靠近。

同時也懷抱著那份將近於零的寂寞。

「明明那是理所當然的事情啊，妳真奇怪。」

對方如此回答之後才又追加了一句。

「啊，這也是情感豐沛的情緒化表現嗎？」

「嘿嘿嘿。」

她似乎回想起幾天前的話題，讓我有一點不好意思。

所以我稍微學了一下猴子，這時她觀察了一下周圍。

「不知道有沒有哪家鞋店一大早就開始營業……」

「呃，不容易吧……我記得便利商店裡可能有拖鞋？」

但是自己從來沒有認真找過，所以不很確定。

「便利商店嗎，原來如此……總之，我們先一起移動吧。」

「……嗯。」

一起。

這種日常中的不經意發言拯救了我的內心。

我想，肯定只有她願意和一個赤腳在路上亂晃的女人走在一起。

不過多次讓她不得不那樣做之後，自己心裡也著實感到過意不去。

「從今天起，我不會再當一個怪人。」

為了待在妳身邊一起走下去。

……我想自己大概可以做到吧。

「就說特地宣告這種事情的行為本身就很奇怪嘛。」

光是能看到她如此開心的笑容，講出的這番話就不算白費。

這時，視線範圍內突然出現正在移動的影子，吸引了我的注意力。

視線前方是妝點夏季的積雨雲，以及沒有任何人能使其褪色的純粹藍天。

遠方有一隻飛鳥。

我望著天空動腦思考，真正身處遠方的到底是鳥？或者其實是我呢？
站在原地一陣子之後，我聽見了風的聲音。從未停歇的風聲呼嘯而過，推動我的肩膀。
有時候幾乎連身體也會被吹翻。
那是吹著強風的日子。

就像是有一陣風吹了進來，感覺自己的意識已經回到身體當中。
因此我刻意試著只張開右眼。
當然，這樣做並沒有讓我看到任何景象。
胸口的躍動也逐漸恢復了平穩。
「啊，我吵醒妳了？」
聽到聲音似乎近在眼前，我睜開左眼。於是，光線和姪女一起緩緩映入眼簾。
由於姪女出現在自己眼前的速度居然和光線不相上下，我忍不住覺得她真是了不起。
「早安……啊，還是該說歡迎回來？」
我的聲音聽起來有點渙散，或許是殘留的睡意造成了影響。
「早安就可以了。」

姪女笑著回答，繼續待在旁邊觀察我。

「我原本不太願意叫妳起床，但是已經傍晚了……」

「傍晚……」

我低聲重複這個情報，然後看向窗外。

藍天已然中斷，柔和的夕陽造訪了城鎮。

「真的……」

畢竟傍晚確實是該回家的時間，我迷迷糊糊地覺得頗為合理。

自己以前經常和童年玩伴一起出去玩……回家時，總是因為配合突然暴衝的她而累得筋疲力盡。明明是小孩子，卻沒有所謂用不完的無限精力。即使如此，就算自己對一切都心知肚明，我還是黏著對方不放。

「奇怪，這種地方怎會有一條痕跡……小姑姑睡覺時是不是把雜誌放在臉上？」

「痕跡……」

姪女伸出手指摸了摸我的右眼附近。我感覺到她的手指上下移動，心裡「喔」了一聲。

反正也不痛，只是有一道痕跡而已。

「啊，我忘了幫妳準備茶水。」

「沒關係啦，妳今天睡了相當久。」

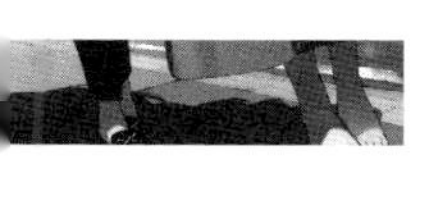

「嗯……」

我漫不經心地回應，同時開始尋找那隻鳥的身影。

「妳是不是趁著我睡覺時偷親我？」

「才……才沒有呢。」

姪女的回應中透著動搖。其實自己只是因為她剛剛說「吵醒我了」，心想也有可能發生那種情況所以隨口問一下而已。被我盯著瞧了一陣之後，姪女把玩著勾在耳後的頭髮，支支吾吾地說起藉口。

「因為……不用趁妳睡覺時……也有機會嘛……」

「說的也對……」

我在被夕陽染紅的一小片雲朵旁邊發現了那隻鳥，牠還在空中飛翔。跟著看向牠展翅飛往的遠方後，不但產生一種快要被吸過去的感覺……眼皮也很不妙地愈來愈沉重。

總覺得如果再次看著那隻鳥然後進入夢鄉，很可能會立即迷失路途。

而且這次還會被丟進連那傢伙也不在的那個「故鄉」。

自己絕對不能睡著。

所以，我決定放聲大喊。

「我愛妳！」

強而有力地如此宣告後，我伸手摟住了姪女的腰，某種已經非常熟悉的化妝品香味也隨之迎面而來。

自從我說過喜歡那種香味後，她身上一直都維持同樣的氣息。

被自己抱住的姪女一開始用力縮起身子，不久之後才緩了口氣般地放鬆下來。

「怎麼這麼突然……討厭啦，小姑姑是在耍我嗎？」

「不，完全沒那回事。」

「說謊。」

姪女稍微往後退開，儘管臉頰染上晚霞卻還是翹起了嘴，看樣子她討厭虛情假意的態度。不過比起這件事，自己的注意力反而放到了姪女那頭略帶紫色的黑髮上，還發現黃昏的晚霞比白晝的藍天更適合她。一部分髮絲在姪女低頭時跟著往下滑落，髮梢正好刺激著我的脖子。

「我超級喜歡妳的頭髮。」

這句表白原本讓笑容從姪女臉上一閃而過，隨即又覺得不夠滿意而收起了表情。

「……只喜歡頭髮？」

「其他也全都喜歡。」

「感覺好隨便……」

姪女的要求很多，難道是要我把喜歡的地方一個個列出來詳盡評論嗎？

硬要我做也不是不行，反正講到一半就會因為姪女害躁到聽不下去而半途結束。

「不然……還有屁股。」

我又把姪女摟了過來，順便隔著裙子輕輕拍了拍她的屁股。感覺沒什麼肉，甚至可以摸到骨頭。

自己忍不住擔心這個姪女有沒有好好吃飯，結果她突然驚慌地敲了一下我的額頭。

「好痛。」

「這樣是性騷擾！」

「真沒禮貌，明明我是在關心妳的健康。」

每次難得展現出年長者風範就會有這種下場，我動作誇張地聳了聳肩。

倒是額頭被痛打一下後，睡意也完全離我遠去，說不定反而算是因禍得福。

無論何時，這個姪女總是幫助我從夢中清醒過來。

甚至伴隨著痛楚。

現在的姪女已經成了熟透的大紅色番茄，感覺腦袋似乎隨時會掉到我這邊來。

「我從之前就一直覺得……」

「什麼事？」

「小姑姑妳……好像……………那個…………」

「我聽不到。」

明明兩人已經如此靠近。於是我把耳朵貼到姪女的嘴邊，她一邊全身顫抖，同時把薄薄的嘴唇湊了過來。

「………是不是……很有性趣呢？」

姪女從腦袋裡硬擠出來的是極為直白的說法，再加上她的聲音輕柔飄忽，氣息又時時刺激著我的耳朵，整體而言對腦袋深處帶來頗為直接的震撼。

而且我認為她選用的文字也很好，沒有使用「色情變態」彰顯出了她的青澀。

讓我腦中似乎要一口氣湧上許多衝動。

不過，我要先把這事放一邊去。畢竟被當成了色咪咪的歐巴桑，基本上還是要提出反駁。

「面對自己喜歡的對象，當然會產生這種感情。」

妳自己也是一樣吧？嗯？我用尖銳發言形成的利劍對她展開攻擊。

遭受攻擊的姪女繼續緊閉著嘴巴，可是卻連脖子和耳朵也跟著臉頰一起慢慢變紅。

接著她突然摀住臉孔，一下子想趴下去一下子又不斷扭動身體，甚至睜大眼睛用力拍打沙發……成為一種從頭到腳都很有趣的生物。

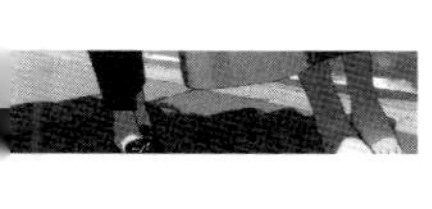

到底是聯想到什麼事情才會如此激動？

我很想找這個高中小女生好好盤問清楚。

「例如會想拍拍對方的屁股之類。」

「好像有道理！」

姪女看起來已經頭昏眼花神智不清了。要是再這樣繼續下去，她應該會變得愈來愈有趣。

但是不管怎麼樣，夕陽還看著我們。

斜照進室內的夕陽餘暉營造出一股莊嚴肅穆的氣氛，彷彿在宣告終結，也稍微淨化了我的性趣。

「……我們可以回到正經話題嗎？」

「請……請說。」

由於先前的情況實在相當娛樂，已經讓我對原本的話題感到沒那麼在意，不過還是有些事情想跟她說清楚。

「關於喜歡對方哪個地方的問題……妳不覺得就算只獲得一個答案，也會讓人一口氣感到安心許多嗎？」

我直接把話題又硬轉了回來，不知道姪女是否能跟上。

看到姪女半張著嘴僵住不動，我決定先等她恢復冷靜。

由於睡意已經消散，自己再次橫著眼看向那隻鳥。

現在回想起來，那傢伙大概從未在我身上找到任何一個讓她動心的部分吧。

即使如此，她還是願意跟我做朋友……真是個爛好人。

自己曾經因為那個爛好人而飽受折磨，獲得拯救，受到傷害，如今則是稍感滿足。

這份感情既慌張又倉促，很適合總是到處暴衝的那傢伙。

今後，恐怕真的再也沒有機會感受到那陣強風。

畢竟……彼此就是抱著不再相見的願望徹底別離。

「我……喜歡小姑姑的眼睛。」

聲音和視線都恢復正常後，姪女如此回應，就像是要奉上自身的愛情。

別看姪女這個樣子，其實她喜歡巨乳。因此我原本以為姪女可能會說她喜歡胸部，或是至少腦子裡會那樣認為，然而現在是討論正經話題。

只是一旦距離如此接近，不正經的感情難免會接連湧上。我想，那些行為說不定也算是好感的一種形式。而且我現在還可以確定，那正是自己喜歡姪女所有一切的象徵。

「妳喜歡右眼？還是左眼？」

「都喜歡。」

姪女用手掌蓋住我的右眼，然後露出微笑。

「真是貪心的傢伙。」

但是對於真心渴求的事物，或許這種程度的欲念反而剛好，一定是那樣沒錯。

因為我比任何人都清楚，只會傻傻等候卻妄自期待對象總有一天回心轉意的傢伙，到最後究竟會落得什麼樣的結果。

所以對於目前想要的東西，自己也應該變得更加貪婪。

「我很愛妳，真的。」

畢竟就只有這個存在，成為讓我決心回到這裡的理由。

我再度抱住姪女，把雙眼埋在她的肩上。

……於是。

透過離別領略到的事物，就這樣靜靜地溢流了一段時間。

「致即將消逝的鳥兒與天空」

遠方有一隻飛鳥。

我托著臉頰往上看，順便思考那隻鳥到底叫做什麼。

在腦袋角落隱約浮上的記憶線頭化為確實的文字前，有個聲音對我搭話。

「妳在看什麼？」

「看鳥。」

萬里無雲的蔚藍天空。

從起居室望出去的景色中，只有那對羽翼正在活動。

「小姑姑經常看著天空呢。」

「嗯……」

「妳喜歡鳥類嗎？」

「嗯……」

「……那個……」

「嗯……」

「…………………………」

「嗚哦！」

托著臉頰的手臂突然被扯開，原本的姿勢遭到破壞。

天空自視線中消失。

自己呈現趴在桌子上的狀態，就這樣看向坐在對面的姪女。她還是抓著我的手，不高興地鼓著臉頰。

「請妳看著我。」

「……妳是那種胡攪蠻纏的女朋友嗎？」

嘿嘿嘿……我不由得笑了起來。

「我是妳的女朋友沒錯啊。」

真希望她把重點放在「胡攪蠻纏」這幾個字上面。不過呢，挺起胸膛洋洋得意的姪女倒也算是很可愛。我用被抓住的右手在她的臉頰上又捏又彈地開開心心玩弄一陣後，視線突然又被窗外的景象吸引過去。

在全方位籠罩下來的陽光中，似乎隨時會消失的那隻鳥仍舊在遠方飛翔。

牠沒有前往任何其他地方，彷彿已在那裡找到了安寧。

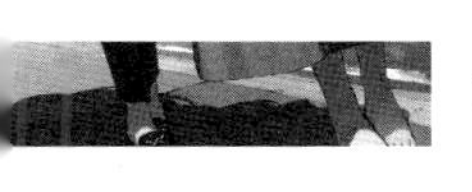

後記

總之就是這麼一回事。

自己以前曾經寫過看起來是短篇實際上卻是長篇的作品，因此這次老實地寫成短篇。

順便講一下，我想看完的人應該都發現了，本書中有某篇或者該說每一篇都是其他作品的後續故事，對象包括《6天6人6把槍》和《少女妄想中》。為了讓讀者不必讀過前作也能看懂這次的故事，我在寫作時也特別注意，不過要是看過前作，或許會另有其他不同的感受……也可能沒什麼感受，總之方便的話請多多關照。

其實我還寫了另一個短篇，只是寫完之後又覺得還是不要提到後續會比較好，最後抽掉了那篇作品。那是關於《虹色異星人》的故事。

以內容來說算是相當中意，所以自己也覺得有點可惜。

順道一提，標題是〈Ra・A12 星虹傳說〉。

會不會延續到時空霸者則是還不確定。

再來就是……對了，期待的遊戲預定會在本書出版時上市，所以那時我大概正在打電動。那是一款ＶＲ遊戲，我之前才第一次接觸這類遊戲，真的很厲害呢。要是沉迷進去，說不定腦子會因此錯亂。

也讓人覺得.hack的時代不知不覺已經成為現實。

一起嘗試的家母不但嚇了一跳，還做出揮手時不小心把控制器也甩出去的常見反應，讓我大笑了一場。要記得把控制器的吊繩套好才行喔。

還有……雖然跟這本書沒什麼關係，不過《安達與島村》的電視動畫正在播映，敬請多多支持。

漫畫版也請一併支持，只是不知道漫畫版打算連載到哪裡呢？

然後……我重新玩了死月妖花。真的很了不起，我再次感受到這作品確實讓人佩服。

另外就是……實在沒什麼事情可以寫了。

啊，對了。前陣子，我的雨傘被人稱讚了。

在路上和不認識的老太太擦身而過，對方突然笑著稱讚我的傘很漂亮。

所以我也笑著謝謝她，後來才想到對方怎麼沒有稱讚我本身。不，其實也沒關係啦，反正這把傘很貴。

總之自己過著只有這些小事可寫的每一天，天下太平真是件好事。

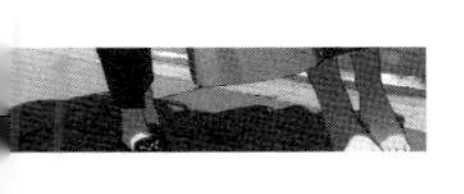

在此要感謝仲谷老師的插圖。
也要感謝各位讀者的購買與支持。
雖說時期有點太早，但也沒有其他地方可以寫這些話……今年也承蒙關照了，謝謝。
祝大家過個好年。

入間人間

安達與島村 1~9 待續

作者：入間人間　插畫：のん

國中時的島村與現在判若兩人!?
日野和永藤竟然不打不相識!?

島村遇到國中時期的學妹，勾起一段往事的回憶，國中時的島村跟現在比起來，給人的印象完全不同……？日野和永藤這一對好友在幼兒園第一次見面時，竟然不打不相識!?安達與島村即將共度第二次聖誕節，這次將會有超乎想像的發展……！

各 **NT$160~200/HK$48~67**

終將成為妳 關於佐伯沙彌香 1~3（完）

作者：入間人間　插畫：仲谷 鳰

睽違了多年的「相遇」——
沙彌香的戀愛故事完結篇。

小一歲的學妹枝元陽愛慕升上大學二年級的沙彌香。儘管沙彌香一開始警戒著積極地表達好意到甚至令人無法直視的陽，最終仍有如回應她的好意那般，開始摸索戀愛的形式，下定決心，要試著碰觸那星星看看……

各 NT$200/HK$67

國家圖書館出版品預行編目資料

最後的藍/入間人間作；羅尉揚譯. -- 初版. -- 臺北市：臺灣角川股份有限公司, 2021.12

面；　公分. -- (Kadokawa fantastic novels)

譯自：エンドブルー

ISBN 978-626-321-056-1(平裝)

861.57　　110017758

Kadokawa
Fantastic
Novels

最後的藍

（原著名：エンドブルー）

2021年12月15日 初版第1刷發行
2024年7月29日 初版第2刷發行

作　者：入間人間
插　畫：仲谷鳰
譯　者：羅尉揚

發 行 人：台灣角川股份有限公司
總　　監：呂慧君
總 編 輯：蔡佩芬
主　　編：林秀儒
編　　輯：黎夢萍
設計指導：陳晞叡
美術設計：莊捷寧
印　　務：李明修（主任）、張加恩（主任）、張凱棋、潘尚琪

發 行 所：台灣角川股份有限公司
地　　址：104台北市中山區松江路223號3樓
電　　話：（02）2515-3000
傳　　真：（02）2515-0033
網　　址：www.kadokawa.com.tw
劃撥帳戶：台灣角川股份有限公司
劃撥帳號：19487412
法律顧問：有澤法律事務所
製　　版：尚騰印刷事業有限公司
ISBN：978-626-321-056-1
